行吟中國

凌寒诗文精选——林永望 著

广东旅游出版社

中国·广州

图书在版编目（CIP）数据

行吟中国：凌寒诗文精选 / 林永望著. -- 广州：广东旅游出版社, 2024.9. -- ISBN 978-7-5570-3380-4

Ⅰ. I227

中国国家版本馆CIP数据核字第2024RG4189号

出 版 人：刘志松
策划编辑：陈晓芬
责任编辑：陈晓芬　杨　恬
图片来源：林永望
封面书法：林永望
装帧设计：谭敏仪
责任校对：李瑞苑
责任技编：冼志良

行吟中国：凌寒诗文精选
XINGYIN ZHONGGUO：LINGHAN SHIWEN JINGXUAN

出版发行	广东旅游出版社
	（广州市荔湾区沙面北街71号首、二层）
邮　　编	510130
电　　话	020-87347732（总编室）　020-87348887（销售热线）
投稿邮箱	2026542779@qq.com
印　　刷	珠海市豪迈实业有限公司
	（珠海市斗门区白蕉镇城东金坑中路19号4栋(厂房)二楼）
开　　本	787毫米×1092毫米　16开
字　　数	338千字
印　　张	20
版　　次	2024年9月第1次
印　　次	2024年9月第1次
定　　价	52.00元

[版权所有　侵权必究]

本书如有错页倒装等质量问题，请直接与印刷厂联系换书。

目 录

序一◎张况 / 01
序二◎骆世明 / 05
序三◎王崇人 / 08

自序诗
花开半夏 / 13

【北京市】 / 001
想你，宁静而美丽 / 002
那一池睡莲 / 004
远和近 / 007
有风吹过 / 010
秋天情结 / 011

【河北省】 / 014
铜雀台 / 015
与暖风不离左右 / 018
画你 / 021

【山西省】 / 023
鼎 / 024
梦回大唐 / 027

【内蒙古自治区】 / 030
莫日格勒河的斜阳 / 031
岁月静好 / 034

【吉林省】 / 036
长白山天池的梦呓 / 037
风来听钟 / 040

1

【浙江省】/ 043

风雨亭 / 044

玉枕兰亭 / 047

等 / 049

告别昨日 / 052

在乌镇，等一场烟雨…… / 055

登六和塔远眺 / 057

【安徽省】/ 060

黄山吟 / 061

情牵翡翠谷 / 063

【福建省】/ 065

鼓浪屿之夜 / 066

烟雨土楼 / 069

孤独的剑 / 072

【湖南省】/ 074

潇湘烟雨 / 075

潇湘雨 / 079

洞庭观月 / 081

为谁痴心续残篇？/ 084

屈原祭·五月的河 / 086

寒梅 / 088

【广东省】/ 090

醉漾轻舟 / 091

睡美人传奇 / 093

时间的剪纸 / 098

带你去看海 / 100

孤独的树 / 102

以孤独为伴 / 105

上达的荔枝 / 110

大海的早晨 / 112

晴雨 / 113

古海岸遗址见证沧海桑田 / 114

【广西壮族自治区】/ 118
远嫁他乡 / 119
一蓑烟雨阳朔行 / 121

【四川省】/ 126
峨眉山月 / 127
望乡 / 130
种上我的瓜和菜 / 132

【贵州省】/ 135
花笑 / 136
古州的河埠 / 146
花开三月 / 149
感谢这低调的奢华 / 146
风起时…… / 149

【云南省】/ 151
珺璟光芒 / 152
时光的守望 / 155

【西藏自治区】/ 157
梦回拉萨 / 158
凌云客歌·醉今宵 / 161
喜欢,是手中一杯清茶 / 162
桃夭·惜红颜 / 164
心宿 / 165
桃花缘·那一抹红颜 / 170
峭春风·桃夭 / 172
醉卧桃花 / 174
来自鲁朗凌云客酒店的呼唤 / 175

我在鲁朗凌云客等着你 / 177

相约鲁朗凌云客 / 179

箜篌引·悲秋 / 181

掬·暗香 / 182

秋天的情话 / 183

心若相向 / 185

夏至清涟 / 187

思念 / 189

秋天的童话 / 191

天上人间 / 194

天上鲁朗（歌曲）/ 195

秘境墨脱 / 197

灵魂的注脚 / 199

察隅，察隅！/ 201

行吟察瓦龙 / 204

掩埋 / 210

萨迦回眸 / 212

永不凋零的花朵 / 215

【陕西省】 / 218

脊梁 / 219

西安城墙 / 220

品度平凡 / 223

风起心动 / 228

佛光 / 230

喋血玄武 / 232

梦回秦关 / 235

曙光 / 236

【甘肃省】 / 240

玉门关叹 / 241

梦回宋唐 / 244

夜泊瓜州 / 246

张掖丹霞山的哭泣 / 248

我曾来过 / 252

沉沦 / 254

【青海省】 / 257

　牵你的手 / 258

　天空之镜 / 262

　魔鬼之眼 / 266

【新疆维吾尔自治区】 / 269

　梦回新疆 / 270

　你,一直在我的笔端 / 273

　楼兰新娘 / 276

　胡杨树下,等你! / 278

　把岁月挂在笔尖 / 281

　你的模样…… / 284

　喀纳斯之恋 / 287

　天堂湖不能解忧 / 291

　心若坦荡 / 293

后记 / 296

序一

◎张况

  诗人林永望人如其名,他似乎永远充满旺盛的精力、行动的激情和写作的冲动,对于诗意人生,他心里总留驻着巨大的希望。他是一位有文学理想的诗人,很勤奋,也很有个性。在时间与空间中,他总是为自己预留了许多属于自己的表达方式,总希望挽留心中永恒的诗意。在刚出版一部诗集不足半年,他的另一部诗集又要与读者见面了。这种速度与激情,让我感佩。他说他喜欢我的文字,认同我的"江湖"地位,因此再次嘱我作序。

  编入这本诗集的作品全是行足诗意、名胜履迹,命名为《行吟中国》,我看合适。行吟诗实则是旅游诗、风景诗的别称,在古代很有名气,如屈原的《楚辞·渔父》、李白的《蜀道难》、杜甫的《登高》、苏轼的《念奴娇·赤壁怀古》等都是古代行吟诗中的名作,让人百读不厌。行吟诗非常注重客体描述与主观情感抒发相结合,诗人边走边吟唱,旨在抒写旅途所见所闻,抒发内心感受。当代中国写行吟诗歌的诗人不在少数,但写得好的却属凤毛麟角。

  林永望是个不安于现状、不拘泥于俗务、热爱生活、没事喜欢到处游走的诗人,他像蝴蝶般翩飞于中华大地,流连于眼前的美景。又像老鹰般审视脚下的山川,抒发凌云壮志。他的诗情由此生发,诗性词语全由他的内心主管,既有独特的个性色彩,又兼具社会学意义,很是难得。他驻足湖南,遂有《潇湘烟雨》《洞庭观月》流泻笔端;他行走福建,乃有《鼓浪屿之夜》《烟雨土楼》记录人间烟火;他途经陕西,命笔描摹《梦回秦关》《西安城墙》之美;他热爱家乡广东,信手写出了《"南海一号"的前世今生》《夜游珠江》的深刻感悟;他旅次新疆,便以《胡杨树下,等你》《喀纳斯之恋》抒写神圣的秘境风光;他曾是广东省第六批援藏干部,在西藏援藏扶贫多年,对西藏的一草一木感情深挚,于是写下《梦回拉萨》《萨迦回眸》等温暖诗篇。一年四季,他边走边吟,偌大神州,莫不留下他的许多深情咏叹。

  且看他如何《洞庭观月》:"山是冷的/水是冷的/连水里的月亮/也

是冷的/无心伴月/月影徘徊/连风也跟我戏谑/吹起心里一片涟漪……//站在洪湖的桥上/回看云梦泽渔火点点/洞庭的后花园/月光是温柔的渴望/还有那温馨桂花香/流水潺潺/漫过心田……/俯仰间/有虫鸣笑痴/若寒蝉/凄切怆凉//没有灯/更没有范希文登斯楼的去国怀乡/情感固然/想当缪斯的门徒,但行动更是乞者的莲花落/木棒指向/是生存的祈愿/树洞里的黑暗/是智者深邃的思想/诉说人性的光芒/孤独的夜晚/陪伴着岁月一起成长/风雨洗礼/挫折迷茫/烦恼樊篱/憧憬向往/何必让失落悲观/笼罩你的脸庞/将悲伤写在沙滩/让梦跟鱼儿去流浪/把灿烂刻在蓝天/让爱跟随夜莺歌唱飞翔……/岳阳楼畔/小乔墓前/早起的秋霜/在狗尾巴草挂上/挂上风的思念/一滴珠泪/露点/折射着清晨的第一米阳光……"

  时间和空间是结构世界的基本框架。空间如骨骼,时间乃魂魄。从诗中可见,林永望对于时间和空间是极其敏感的。诗人的足迹镌刻着冷静的哲思和出世的热望。由洞庭意境切入思考,以观月感悟发吊古伤今之情。联结时空的骨骼和灵魂被他描绘成诗歌的形状,从经典中走出的精灵以哲理启示人生。云梦泽的依稀渔火,那是诗人散落在湖中的心情,没有说教的自作多情,铿锵韵律扬起积极的生命风帆,给人以冲浪的激情与冷静融合的诗性质感。

  林永望是懂韵律的诗人,押韵的诗句读之朗朗上口,这是他的强项。林永望诗歌中所透露的幽古之思和生命意识是浓重的,他的修辞是透明轻巧的,行句之间显得既凝重又亲切,毫无阅读难度。

  言者,心之声也;歌者,声之文也。情动于中而形于言,言之不足故嗟叹之,嗟叹之不足故永歌之。歌之为言也,长言之也。永望也把对诗歌韵律平仄的理解和掌握转化为音乐,由他作词作曲的《天上鲁朗》《雪域蓝》《进藏干部之歌》和《追风少年》等,一批高质量的音乐作品,广为传播,备受听众喜爱和追捧。

  我总觉得,诗人与诗歌的关系其实就像中医中所谓的气与血的关系。要知道,血后面是气。同理,诗歌后面是诗人。诗人是靠真情和良知来生发诗情的,否则就是无病呻吟。诗歌只是载体而已,要想写好一首诗,必须处理好诗与人的关系。也就是说,诗人必须具真情有良知,必须为良心写作,为良知抒情。虚情假意是迟早会被读者唾弃的。

  看林永望怎样抒写《屈原祭·五月的河——汨罗竞渡》:"岁月的风/吹了千年/心头的泪/滴了千年//千年的祈愿/帆影在云端驶过/丑恶/不安靖的海/浪头澜涛起伏着/酝酿着/命运的苦酒/破漏的蛛网/打捞着/生活贫瘠的鱼米/乏力的桅杆/无奈地支撑着精神/腐化的现实/人心的吃水线/丈量

着方圆的厚度//黑夜剥落虚伪的面具/星空下/疏薄的衣襟/扯下了画皮/赤裸成原始的冲动/美丽在空中飞翔/屈辱的泪水锈蚀长剑/秋日里悲冽的楚歌/你唱出《离骚》/"路漫漫其修远兮，吾将上下而求索"……/在长风里起舞绝望/像黑色的墨烟/吞噬了最后的一抹微光……//五月的阳光/汨罗江/清者清/浊者浊/千年的时光/水依然流着/粽子与鲜花/龙舟与光阴竞渡/擂出新时代脉搏最强音的战鼓/你是大海的儿子/你踽踽而行的身影/地平线的尽头/一颗星升起/是求索者黑暗中/不死的心灯……"

  行吟诗歌与风景相合便是绝配。诗中的林永望以无比真诚的诗心和诗性精神守护着内心那株金蔷薇，行句中满满的都是对屈老夫子和中华大地的热爱。屈原的爱国精神溢于言表。质朴的诗歌品质和纯粹的审美格调颇具个性特征。汨罗江、面具、粽子和鲜花，意象晴明晓畅，文字沉静灵动，情感爱憎分明。由此可以判断，林永望是拥有史识认知和文化立场的，他始终坚持着自己率性的诗歌创作方向和精神追求，他的审美格调甚至也是单纯的，不假雕琢的质朴之美，要不了许多技巧来掩饰天真。林永望奉献给读者的是简单的诗意，尽管他的诗歌没有非常另类奇特的意象和诡异的表达，但他土地般淳朴、山泉般纯净的诗歌品质，让他的文字远离了技术和修辞的冗衍。我认为，这恰恰是一个诗人最为自由率性的一面。他所展现的是简洁的人性美和烟火气。这首诗因拥有轻盈的质感而招人喜爱。

  网络时代充斥着各种"网络垃圾"，人们见证了太多所谓的"网络文学"。恕我直言，一些垃圾成分颇重的网络文字游戏，我不敢企望并苟同它会拥有多高的文学品质。林永望是一位阳光诗人，他创作态度端正，不沉迷于网络幻境，相反，他常把自己内心的真切感悟端出来阳光下晾晒，让读者感受他晴朗的思考和肉眼可见的真诚，这值得赞许。

  万里行吟，诗汇中国。一路繁花，一路高歌。这部新著是林永望用足迹丈量中华文明的行吟之作，他把诗句写在迷人的水乳大地上。这是他站稳人民立场，坚持以人民为中心创作导向的具体体现。当眼前沧桑散尽，他发现沉浮于自己内心的余温还在。这该是诗歌的外溢功能了，透着芳草气息。诗歌有此趋归，我想，这就够了。

  林永望不是靠想象活着的人，他更多的是脚踏实地地行走在中华大地，以独特的艺术个性书写自己心中的中华文明之美，节奏和谐，画面感强。一个热爱土地热爱行吟热爱大好河山的诗人，他的笔触离不开生他养他的这片土地。林永望没有忘本，他的诗句歌吟中华文明五千年的辉煌，他的诗歌是唱给神州大地的赞歌。他与土地难以割舍的历史渊源和诗意情缘，在他的作品中平实呈现，让人轻易就能读出他的热忱和忠贞。

中国新诗的现代性决定了它对中国走向现代社会的审美表达，这是通识。我觉得，林永望诗歌的精神内核仍是现代性的，尽管他不乏古典情怀。这是他的作品能引起我关注的缘由所在。

如何认识中国诗歌在现代社会中的审美转型问题是每一位当代中国诗人应该进行深度思考的课题。显然，林永望是做了这方面思考的。他迄今为止的诗歌写作能做到不跟风、不猎奇，就是负责任的写作态度和审美态度，而这同样需要勇气。

在我看来，行吟诗歌其实是为山水传神达意的，是诗人审美素质、艺术体悟和写作境界的重要传达方式。林永望行吟诗中所体现出来的家国意识和对祖国大好山河的热爱之情是显而易见的。

当然，大中华并不全是田园牧歌，而是一个充满一系列复杂人际关系和社会问题的沧桑国度。我以为新时代中国行吟诗歌应着重于思考人与自然和谐共处的话题。相信林永望行吟中国的亮色会照耀诗人自己的前路，传递属于诗歌的正能量。林永望通过自己的生命体验和诗意反刍，将个体的行吟经验用以构筑回忆、构筑诗意，进而传递真情实感。他以行吟诗人的视角审视属于民族的光荣与梦想。随着他个人写作经验的不断深入和写作路径的不断拓宽。我的目光触碰到了他观照现实、关注历史的诗歌情结和艺术自觉。纵观这百十首行吟诗，不难看出林永望是能够把握时代要求，用心用情去讲好中国故事的有为诗人。

林永望的行吟诗当然也有不足之处和短板，但人无完人。谁又能真的成为文学中的"圣人"？——我们只能以"巨匠"高度为目标，为之努力、奋斗！在此，希望他多参详，多体悟，及时补短纠偏，日后能更大进益。与之共勉！

2023年12月26日
佛山石肯村南华草堂

（张况，著名作家、诗人，中国作家协会会员、中国诗歌学会常务理事、广东省作家协会主席团成员、佛山市作家协会主席）

序二

◎骆世明

数年前，经在佛山市南海区政府担任领导岗位的昔日学生介绍，我有幸认识了林永望。今年4月在世界读书日之际，我受主办方佛山市委宣传部、佛山市文化广电旅游体育局、共青团佛山市委的邀请，到佛山市图书馆参加了第五届"广佛同城共读"佛山作家作品推荐活动《陌上花开：凌寒文集2》新书发布暨诗歌赏析会。《陌上花开：凌寒文集2》是林永望近年来出版的第二本文集。在发布会上，从诗歌朗诵、领导的交流、嘉宾的评价、现场读者的互动，我也从另一个侧面，更进一步认识和了解到林永望。会上，我也谈了我的感受。

最近，林永望邀请我为他即将付印的新文集《行吟中国：凌寒诗文精选》作序。这让我多少感到意外。其一，是因为他竟然如此丰产；其二，是因为我专于农业，却疏于诗词。想不到他竟邀我为其新作写《序》。本想婉拒，却顶不住他的真诚、热情和执着；同时，看到其充满正气的作品，我还是拿起了笔。

林永望的作品题材广泛、思路开阔、风格独特、图文并茂。就其凌寒文集的第一集《何处是归程》和第二集《陌上花开》来说，他对生活，对工作，对人生的理解和品悟都在他的作品中得到淋漓尽致地展现。

在《何处是归程》中的《风月叹》中，他用"曾书生意气/鲲鹏九霄/激环宇/箫剑江湖/风月千里"表达了他心中对理想追求的豪迈之志。在《桃夭·惜红颜》中，他那"岁月蚀秋冬萧残/竖琵琶数根呢喃/风忧伤/雨千行/落红惆怅/泪断/弦乱……"却又表达了作者柔情似水之心。

在《陌上花开》中的《西安城墙》涉及唐朝和杨玉环的诗写道："阴阳抱负/和平无法阻止野心和杀戮/马嵬坡的决绝/泪洒白绫/只是一个腐朽王朝向堕落/低头的告白……//你走了/香消玉殒的/不是一个政治牺牲/这倒塌的/是一整座盛唐的宫门/或是文人/对忠贞/无法饶恕的伪善/自卑/软弱和苍白……"读到这里，你很自然会为大唐的没落和杨玉环的命运叹息，与作者产生共鸣，同时也感受到了诗人如同探囊取物的深厚历史知识底蕴。

在林永望的诗歌、散文或游记中,他不但观察细致,体悟深刻,而且表现出了深厚的文学功底。在《陌上花开》的《夜泊瓜州》里,作者娴熟借用古典诗词韵律写出:"寒梅入喉雪愁晚/举杯强欢/辚辚车马长街/醉不尽繁华一黄粱/遗忘千年/柔情刻骨忧伤/犹记塞上/大漠孤烟/霜风冷月玉门关"。

林永望善于发现、善于思考,把历史与现代情况有机结合,用其独特的笔触,生动的语言再现岁月的沉浮。他作品的取材非常广泛,有的是他看了各地风光之后,触景生情,有感而发的;有的是表达家庭那个最温馨的港湾,细腻描写与家人朝夕相处,父慈子孝,抒发恒远亲情的;也有看到国家崛起中风云变幻,心系华夏,抒发家国情怀的;还有作为广东省第六批援藏干部,他长期深入青藏高原开展扶贫,心系藏区高歌藏族文化的……这些作品,无不充分表达了作者忧国忧民的胸襟,对亲朋好友的深情,对家乡的思念,对异乡的倾情,还有对人生哲理和社会信仰的独特领悟。

因从事农业,我特别注意到他在"共和国勋章"获得者、中国工程院院士、"杂交水稻之父"袁隆平去世之时所写的《国殇·悼袁公》一诗。诗中满含深情地表达和抒发了作者对一位杰出农业科学家的追思:"……谷饱穗满忆君一场/泪滴寒潭/见你花开彼岸/空谷幽兰//山河无恙/人间皆安/盛世国祚遂君愿……"这既是借"粮丰国安"理想得以实现告慰袁隆平先生,更是表达了作者心系华夏的胸襟。慢慢品尝诗中"场""潭""岸""兰""恙""安""愿"……所表现的韵律和节奏,越嚼越有味。其实,林永望的其他诗作也有类似特点:一方面是不拘一格,结构自然;另一方面是节奏鲜明,韵律清晰。同时,在他的文集中,还有一个特点:就是每一首诗都配有许多精美的照片,做到图文并茂。后来,我才知道林永望还是国家级摄影家协会的会员和各级作家、书画、音乐协会会员!

林永望的丰富作品,就是他丰富人生的一个缩影和写照。他原籍潮汕地区,其祖父在中华人民共和国成立前就在香港和东南亚打拼。林永望的父亲深受祖父影响,对子女教育极其严格。故此,林永望自幼熟读唐诗宋词,大量阅读古典经籍和文学小说,为其在后来的成长和发展奠定了深厚的文学素养和基础。同时,他还苦练书法、勤习绘画、熏陶音乐,从小得到良好教育。他的阅历也很不一般,在广东工作和生活过的地方就有汕尾、深圳、广州、东莞、佛山等地,他还曾长驻香港。他当过报社记者、编辑，是媒体主力；在政府部门当过干部、领导，有管理经验；在商海弄潮，是一位成功企业家；作为广东省第六批援藏干部参与过对口扶贫多年，在高原摸爬滚打，熟悉藏族文化。他足迹遍及东北长白山、西北新疆、东海沿岸、南海之滨，在浙江杭州、湖北洪湖、湖南岳麓、陕西秦岭、山西五台山、福建鼓浪屿、甘肃玉门关、四川峨眉山、西藏墨脱边陲……华夏东南西北都一一留下了他的足迹，也留下了他的诗篇。

林永望在专门编辑出版与国内各景点有关的诗文集《行吟中国：凌寒诗文精选》的同时，还编辑出版他近年来新创作的诗歌和散文集《挂在天上的琴弦：凌寒文集3》，有兴趣的读者也可以选阅。

诗言志，文如人。透过题材广泛、朗朗上口的诗句，人们不仅看到诗人林永望厚实的人文素养，还不难发现诗人辛勤工作、耕耘不息的奋斗精神，以及他对生活、对民族、对国家那份深沉的爱！

我们期待林永望新文集《行吟中国：凌寒诗文精选》的付梓，相信它又将是给读者的一顿文学"盛宴"。

谨此诚挚祝贺林永望新文集的出版！

2023年12月1日于华南农业大学

（骆世明系华南农业大学农业生态学教授、原华南农业大学校长）

序三

◎王崇人

老实说，我对现在写诗的人，没有什么好感。

现在的诗歌，多是空格键、回车键的产物，为赋新词强说愁，无病呻吟，胡乱抒情，让人不忍卒读。

现在写诗的人呢，迂腐、邋遢居多，让人生厌。有人说，无论是诗人还是哲人，都是幽灵一般的存在，诗人是白天的幽灵，哲人是夜晚的幽灵。哲人用抽象写哲理，诗人以形象喻抽象。我觉得诗人更像疯子，正如莎士比亚所说："诗人和疯子，都不属红尘十丈的人间。"诗人隐居在疯子的隔壁，疯子却闯进诗人的花园。诗人和疯子，只是一墙之隔。

但对于林永望先生和他的诗，却要另当别论。

林永望这个人，有才气多情趣，善联络重情谊，既有文人的儒雅，也有侠客的风骨。

曾经，我和林永望是同事。那时，他满头青丝，面如满月，风流倜傥，是单位最靓的仔。我们单位，是一家尚处襁褓的媒体，有朝气也有点"傲娇"，不时卷起新闻风云，令一些人不快，林永望一篇关于某大道建设效果的报道，便属此列。

那篇报道站位高、视觉新、写法妙，颠覆了传统新闻的操作模式，把领导视察写成民生新闻，彰显了新闻应当为民生鼓与呼的属性。报道给林永望带来声誉的同时，也带来了一点小麻烦，毕竟批评报道再客观也不讨喜。但实践是检验真理的唯一标准，那篇报道至今仍在"江湖"传颂，被同事视为标杆，成为林永望有才气有担当的佐证。

而最让我对林永望充满好感的，则是另外一件事。那一年，单位有人曲解政策，将我和林永望等几名"老干部"，从原有干部编制身份打入"另册"，要求当普通合同制职工另外补签劳动合同。是林永望挺身而出，写材料申诉，请他的一位老领导"过问"，问题最后才得以"拨乱反正"。那申诉材料复印件，我至今仍保存着。从某种角度而言，林永望有恩于我。一转眼，此事过去了20多年，我也顺利退休养老了，但我要继续感谢林永望……

有友如此，何其幸哉！

基于这样的感情，我一直关注着林永望身份的变迁、诗作的繁衍，而他一写出新诗，也第一时间发给我欣赏。我在朋友圈转发这些诗作，引来诸多点赞，一些微友"马大哈"，以为是我写的，不吝夸赞，闹出乌龙！

林永望的诗作，和他的为人一样，融形式美、内容美于一体，既有生活的多样性，也有诗人的独特性，既构建了意象，也彰显了哲理，大气中透出灵巧，绮丽里蕴含朴实，符合现代人的审美情趣和阅读需求，也给诗歌这一艺术形式增添了"林氏"魅力。这一诗风，在《陌上花开》文集中尤为突出。听说，他将再出两本诗文集——《行吟中国：凌寒诗文精选》和《挂在天上的琴弦：凌寒文集3》，在此提前向他祝贺！

《陌上花开》是林永望的第二本文集。书名很诗意，让人不由想起汉乐府名篇《陌上桑》，想起那位叫秦罗敷的贵妇……这种联想很正常，因为林永望的很多诗，饱含古典诗词的意象、意境、意蕴，一些诗句甚至烙上了晏几道、柳永、李清照诗词的绮丽痕迹。借旧瓶装新酒，对古典诗词进行嫁接、点化、淬炼，抒发现代人思想情感，是林永望诗作的一大风格。

古典诗词的韵律之美、意象之美，在开篇之作《梦小楼——自序诗》中就端倪初露："尘梦隔世惆怅/恨穿隆错放苍狗/知否/知否/覆水难收……/吴歌起/几时休/关山难越归期溺泗/别有相思梦里述/三杯清酒/与谁携手/桥头罗裙扶柔/消瘦/泪眼顾盼/一曲小楼……"

到了《夜泊瓜州》，对古典诗词的点化就更成熟了："佳人本无错/一笑失江山/空余烽火不语/满眼悲怆……起弦风雅梦一场/琵琶泣残阳/古道漫漫/独坐惆怅/伊人泪滴楼西南/寂寞纱窗/残梦断/夜阑珊/倚步小栏杆/倩影孤单……"这情绪这意境，是对嘉峪关天下第一墩明长城烽火台遗址的解读，徜徉其中，你会不会误认为是哪位唐宋诗人词人的大作呢。

《月满西楼》，浅吟低唱，满怀愁绪，宛如陆游和唐婉《钗头凤》的结合体，让你有一种穿越感："又是一秋明月圆/醉思量/杯搁浅/风烛轻纱泪残/错阅诗酒墨香/回首望/孤寂伴/看琴瑟起舞霓裳/绝代娇靥/吟哦轻诵涓涟/惜暖意淡淡/脚印蔓延/禅心入念漫卷/弹指飞花愁满弦/盈手花露/对影相顾无言/楚宫遥/鹧鸪天/氤氲蹁跹/今夜秋思溢漫/怎眠/谁怜……"

《天上人间——写给鲁朗凌云客的月光》，看似闺怨诗，抒发的却是现代人的思考，拓展了读者的阅读视角，丰富了读者的阅读感受：

"烟雨凭栏/听荷漪香/笑看红尘南归雁/倦了水墨青衫/描眉处/君犹在/夜来试新妆/天上人间//欺霜傲雪/关山难越/浪迹天涯孤望月/髽鬟一骑啸歇/离多久/卿安在/残梦惊寤觉/广陵散绝……"

　　点化、模仿古典诗词，吸取精华，为我所用，是很多诗人的努力方向。从这些诗作可以看出，林永望古典诗词的功底很深，夸张一点地说，他有一颗被唐诗宋词酥软过的心灵。在他的诗作中，有美妙的意象，有深邃的意境，有婉约的旋律，有清晰的节奏，有悄然的顿悟……而角色的随意切换，让他的诗作有了一种角度之美、维度之美，时而为塞外侠客，时而为江南名媛，时而为古者，时而为今人，只要便于营造意境，便于抒发块垒，可以将时间空间、古往今来、世事人情，就着古典诗词的酱料，肆意烹饪……

　　从记者，到党政机关，再到援藏干部，回头老了还能守个民宿写点文章，做些投资，成为诗人、儒商，林永望实现了职业的多维跨越。丰富的人生阅历，造就了他诗作题材的多样性、意象的丰富性，使得他在创作中达到了纵横捭阖、肆意着墨的境地。可以说，大而美、广而秀，是林永望《陌上花开》文集的又一大特色。

　　洞庭观月、鼓浪屿仰望、玉门关咏叹、张掖丹霞山哭泣、瓜州夜泊、长白山天池梦呓、峨眉山赏月、西安城墙沉思、山西佛光寺夜宿……足迹遍及天南海北，吟唱涉及古往今来。诗人个性得到张扬的同时，意象的地理性也得到了拓展。

　　随着意境的营造，意象的铺陈，读林永望的这类诗作，宛如开启一次次美妙的旅行："天亮了/罗马村的桃花开了/烧一壶清泉/沏一杯茗香/斜倚夕阳/光阴沉下去又升起/有密林鸟鸣风扬/远处/云舒云卷/身侧/如黛苍山……"这样的《察隅，察隅！》，怎么不令人神往呢？

　　"三月春梢寒/雪里桃夭/一季一满帘/粉墨染尼洋/片片花舞/一步一生莲……"《峭春风·桃夭——写给林芝三月的春光》，镜头感满满，妥妥的幸福。

　　"是谁将上帝的调色板/打翻/跌洒人世泼染/成了酒红色的醉/让轮回的你我/在此/相遇/害羞一笑的嫣红……"在《我曾来过——张掖丹霞山的喃喃自语》中，"害羞一笑的嫣红"与其说是对色彩的描绘，不如说是对人物的塑造。在诗人的抒情中，一个笑靥如花、活泼可爱的少女跃然眼前，让读者物我两忘，满心喜悦。

　　诗来源于情感，但应该超越于一般情感。考究诗歌的价值，除了看技巧的运用，还要看"言志"的质量。诗言志，可以理解为表达情怀、理想和志向，倡导某种价值，弘扬某种精神。林永望的诗作，除了题材广泛、意象丰富、意境优美，"言志"的角度和深度，也珠玑频现、可赞可叹。

在《陌上花开》文集中，很多诗作朴实感人，闪烁着现实主义的光芒。我们可以从《父爱》感受到诗人对父爱的理解："到后来/父爱是大海/而我/是流浪的孤帆/你用目光殷殷/托送我一路远行/而我用背影/溶进你的魂牵梦萦/醒来/沉默的风铃……"可以从《逆行执甲·致敬抗疫一线白衣卫士》感悟到诗人对大爱的诠释："日月如何/铁马金戈/丹心为矛/不负韶华/扣剑空嗟乱如麻/一攀一折势可嘉/誓天断发/成就国家闲暇/一粒沙/可见冷暖风雨人家/一份爱/醉了万年烟花粉黛/陌上花开/福佑中华……"

注重对事理的挖掘与升华，提升诗歌的审美内涵，提高"诗言志"的段位。譬如《玉门关叹》："捧一抔黄沙/与那一地白骨对话/在南腔北调中/倾听被深深埋葬着的/乡愁……"诗说历史，超越一般诗人的眼界与胸襟，让诗歌充满了哲理的张力。看这些诗作，我在想，林永望也算是一个边塞诗人了。

闪烁着哲理光芒的诗作，在《陌上花开》文集中还有很多：

"梦的气泡/却在精心设置的酒杯里/一一破灭……"（《啤酒》）

"阳光很不懂事/闹钟未响/便来串门/自来熟的热切/不打招呼就趴在脸上/偷偷地说/宿命并不完美/留点/遗憾的霞彩/给下一次见面的期待……"（《等待死亡睡去》）

"如果葬我/请你赠我/一滴泪/我会还你一池清波/在你回去的路上/忘川河边我吟唱离歌/你不必哀伤/也不用落寞/我本就是广寒冰魂素魄/只因这/宿世情缘坠入婆娑/最后/沉溺在你的/爱河……"（《魔鬼之眼——写于青海艾肯泉》）

"谁的委屈生生/聚怨成/这一池泪痕/在这长白山镜分鸾影/独守红尘/守候着一份/一份海誓山盟/一份前世今生的约定/连那守护的白头翁/也说不清/是命/还是情……"（《长白山天池的梦呓》）

不写爱情诗的诗人，不是好诗人。对爱情的吟诵，考究诗人的功力。在《陌上花开》文集，我们也看到了林永望爱情诗的艺术魅力——清新而调皮、哲理而朴实，也看到了不管岁月如何搓揉，林永望对爱情的理解，诗心如一、痴情不改：

"把过去的日子/晾干/然后，折叠/折叠成/方形的/圆形的……/珍藏于抽屉/没有上锁/你可以/可以在无人的时候/打开心锁/将它细细浏

览……"（《把美丽的日子晾干》）

"与蓝天私语/再把心底/那颗红豆擦亮/默默地铺开/这份思念/读你的目光/你的忧郁/一直读到/你长发飘洒的西窗……"（《红豆》）

"起伏的浪涛/心跳/托起红日一轮/羞涩/憋红了海面波浪/灼热的目光/电弧似的一闪一闪/想/觅透蓝天的深处……"（《大海的早晨》）

"顽皮的星星/拉开了夜的序幕/跳跃在孩子的笑声中/风也活跃起来/月在奶奶/吴刚嫦娥的传说中/羞涩地伸直了腰/瓜棚底下/牛郎织女再度相会……"（《夏夜》）

扒拉那么多，不是爱写长文，而是《陌上花开》有太多亮点。诗歌是岁月的花朵，诗人便是那种花的人。岁月是最好的锻造者，但也要看你是不是那块钢。同一片蓝天下，有人把记者活成老者，有人把记者活成诗人、旅店老板、商人、文化名流。男怕死守行，女怕嫁错郎。人比人气死人，羡慕嫉妒外加恨，羡慕林永望的才气，嫉妒他的成功，恨他的勤奋与执着。最后，还要老老实实祝他创作丰收、事业蓬勃、生活幸福。

2023年11月19日于佛山

【林永望特别备注】

有幸与崇人兄同袍共事，相识相知。

近日收到《被唐诗宋词酥软过的心灵》一文，被"酥软"的不仅仅是我的心，还湿润了我的眼睛。为崇人兄这份细腻的情感，真挚的友情，深切的笔触而感动泪目。

恰本人春节前后将有两本文集付梓，故计划将本文《被唐诗宋词酥软过的心灵》作其中一书之《序》，以示谢忱！

专此向读者致意。

林永望
2023年11月27日于寒山斋

自序诗

花开半夏
——生命自画像

金秋月圆，
在这收获的季节，
是不是意味着，
所有都可以落幕？
桂花香的日子，
流浪的脚步，
丈量着日暮。
木吉他说，
一定要去看一次云海。
在风起的晚上，
一群有趣的人，
围坐火炉边，
听山说寂寥，
海不终老。

远离尘嚣，
品读群山回响，
寻觅自然之美，
感受着空气静谧。
在离梦最近的地方醒来，
有鸟儿歌唱，
树叶沙沙，
让每一个细胞，
渐渐复苏！……
我好像不属于这里，

又融入其中！
只有沸腾的欲望，
在黑暗中观察，
劝说着可怜的坚持，
万物是风暴，
终要吞没孤岛；
再不见，
浪滔滔……

给生命放一次假，
让时光停歇；
无奈流水的沙漏，
托举岁月。
红尘的舟，
承载着华年，
在脸上镌刻沧桑，
悄然的过往。
从喧嚣走向沉寂，
韶光一瞬，
花开半夏。
匆忙中，
内心的自在，
多了一份淡然，
　　一份宁静，
　　一抹怡人的清香……
平凡中，
偷得浮生半日闲，
笑看生活纷繁。
心自清，
风月朗……
……

2023年9月20日 于寒山斋

恢弘富丽，俯仰千年

【北京市】

玉栏雕砌已在岁月的风化中沉寂，
失去了昨日的雍容与华贵。

想你,宁静而美丽
——写给北京的初雪

  北京今天迎来初雪,满城银装,有若大胆泼墨留白。故宫彤阶琼芳,青枝寒酥……

  阳光下,看星星点点丹红,掩映金黄,散落其间,构成一幅冬日的动人画卷。漫步这历史的天空,品人生百态,读岁月静好,沉思细嚼那古建营造的审美,步步成景,让人流连忘返。

  是为引。

2023年12月11日 于首都北京

当雪花,
邂逅大地。
宛若你,
回风飘飖的美丽,
芳泽铅华弗御;
轻盈中,
有高贵清冷几许。
那洁白如诗,
恍惚是入梦的羽,
让这个冬季,
着雾绡,
舞轻裾。

听风,
任由银铃笑声盘踞,
缓歌纤绮。
香径里,

[北京市]

玉佩琼琚,
何处更寻觅?
也许,
这样的冷,
才有了别样的意义!……

想你,
宁静而甜蜜;
对着夕阳把相思与寄。
……
闻香,
起意。
把昏黄勾兑入酒,
忍将韶华轻弃;
醉拥月明,
星稀。

再取,
曲房长笛,
宫鬓拂效翠眉低;
试读天气,
够一场旃檀浸罗衣,
或是咖啡时间雅局?……
秋千影里,
深院乾坤闭;
娇兰红笺问归期,
小桥溪声急,
烛光憔悴犹迟疑。
问旧欢往事,
人生苦短伤别离;
暗有惆怅起,
却道盈香浓稀。
……
……

那一池睡莲
——写给北京的冬日

当你的眼泪
化作雪绒花飘落罗裳
这北国的土地
世界似乎以第四维度沉降
梦幻的幕帘
开启
冬日恋歌的序章
谁知
蒲公英的伞
还没来得及打开
迷路了
在这三里屯的夜晚

羽
云涛烟浪
霁色假装同流
迎向太阳

【北京市】

在萨满的吟诵中醒来
睁开蓬松双眼
似火堆
突然炸彩震炫
当
一束光
照进了黑暗
这束光
便开启了人类女神劳作的原罪
投射面具之外
火种
生命图腾
刻画文化血脉基因
　　记忆
　　传承……

弦琴腰铃作舞
河流颂唱神歌
海东青的翅膀
划过苍茫大地长空
笛声里
红墙小院
堂子禅寺青灯

一片雪
一只蝴蝶
在掌心起舞蹁跹
扇动
你梦魇中
那一池睡莲
醒来
月光下
诗人踏雪归来
在我们相遇的地方
我在水边静坐
试图用一山的冰雪
掩盖
对你的思念

雪停了
梦醒了
我只能独自行走
时常
在有雪的地方停留
这一生
　思念长
　幽梦深……

2024年1月19日

作者注：

1.萨满祭祀也称萨满教，清代宫廷举行萨满祭祀的地方有两处，一在大内后三宫的坤宁宫，一在皇城东南角的堂子。另在紫禁城内廷外东路的宁寿宫也有祭神的设置。

2.堂子，是满族及其祖先女真族族人摆放牌位、档案用以祭祀苍天、神灵及祖宗的地方。

[北京市]

远和近
―― 握别北京

我走时
天是暗的
而我
心情更是无言的颓废
没有告别
也来不及向你作揖
望着长安街的公交车
追逐早起第一道凉风
天边
被硬推出来
撑面子的霞光
起了个早
不情不愿

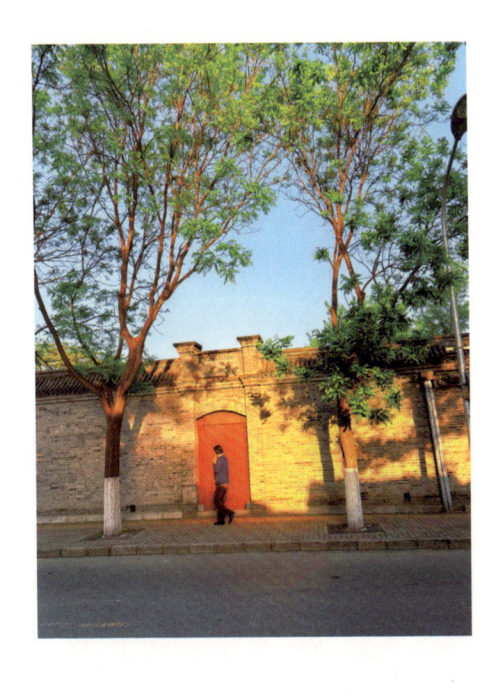

让风作了个伴
想买蛋挞
匆忙的脚步不让……

失落的星星
向朝阳借个眸眼
她冷冷瞥我一记流光
车窗外飞逝的树
站在那里不知所措
保持着知其然
不知其所以然的状态
鼻子不通气
埋怨流感
还是身体诚实
紧了紧衣袖
将暖气打到最大
放松地斜躺深深呼吸
感受这空间
潮湿且燥热的心

[北京市]

一阵风过后
小雨走了过来
没有撑伞
思念
温柔锋利失衡
被一再拨弄弹响
那年相逢
谁长在谁心中？……
泪水串成的弦
忐忑不安
晕眩的感知
非意识沉浸释放
在时间的沙漏里
滑落
殷殷血迹
穿越幻觉隐喻
　远和近
　迷失和痛苦
　还有我和你……

有风吹过
——千禧年游景山公园有感

历史的躯体
一路蜿蜒
起伏着历代帝国王朝的
兴衰与哀荣
眼前的辉煌已
不再是昔日的庄严
玉栏雕砌已
在岁月的风化中
沉寂
失去了
昨日的
雍容与华贵
楼阁香兰已无奈地
在风沙的淹洗中
老去
伴随着万寿寺的晓钟
声声悲凉
不变的只是一树梨花
万点泪光
洒满地凄清……

秋天情结
——忆香山

南山起舞，绿水悠扬。
……

初秋的江南，天空一远再远，斜阳写满桂树的思念；突然，接住一片落叶，这是秋的请柬？还是心的相向？……

窗外，茉莉花摇曳。几度风雨，几度春秋？多少岁月梦境中惊醒，无奈许多凄恻……灯火阑珊处，蓦然回首，光阴似箭。生命在岁月的不觉中增加着年轮的印痕，茂密的黑发被银丝一根根染成霜色，容颜逐渐荡去春华的绿影婆娑，在秋黄飘曳的路上领略铺满金黄的凄色……

站在海边，晚风吹拂着发丝，轻柔地荡涤着海浪的温存，抚摸着……

对文学的领悟如大江水东去，汹涌澎湃在不屈的心胸，却又像浮云飘向淡漠！在人生的驿站上蓦然回首，才发现曾被人们赞誉为辉煌的征程，也是血泪斑斑，镌刻了一个又一个悲怆的碑铭。曾骄傲地顶戴着馈赠的花环，也不知何时长满了棘刺，深深地刺入肉体和灵魂，无时不在蜇创着我的思绪和神经。青春岁月里的许多诗文，被铭刻在人生之旅的碑石上，成了一个又一个灵魂枯萎的墓志。不知何时，泪水却成了摆放在坟前悼唁的清酒薄斝……为人生短暂淡酌轻言叹醉……不知何时的我还是初时"少年不识愁滋味，为赋新词强说愁"的我？不觉泪下！

借着街灯昏黄的光线，慢慢走过，这时我才发觉：我又走回到多年前的一个秋天，你我分手的地方。枫林的沙滩上陷下了一个又一个脚印，一路走来，它们都在"哈哈"仰天大笑。似乎在笑我的痴，也似乎在笑我的无助，笑我的成功、失败。这些，在这时对我已经不再重要了，重要的是我这份难得平静的心情。我清楚地记得，在你即将前往机场飞往那个你向往已久的国度时，你说，你要我记住你，记住你陪我走过的这一段路，这一分这一秒。你还说："这最后的一分钟是我陪你度过的，你将永远记住这一分钟，这段路，它是属于我的。"现在，这些都已属于昨天，都已遥远了……但它却已是我生命的一部分，也使我有了秋天情结。我爱秋天，我爱它的包容，我爱它的暮色，我爱它的红叶，我更爱它——那份久久不去的思念……

大学时，记得也是一个秋天，清华园里的荷花早已谢了。你说："香山的红叶红了，我们一起去爬山。"那天中午的风沙很大，校园里显出不同往日的安静，很少人在外面活动，只有西校门的汽车专用道依然车来车往。

我说："我们打个'面的'过去吧！"平时大方的你却不知是为什么小气起来，说："我们踩单车过去吧？"天哪！……远远地便能听到我发自心底的惨叫："老天呀，你放过我吧！"

在你的坚持下，我们还是回到十三公寓取了自行车。在后来的日子里你告诉了我那次为什么要骑自行车去，是你当时从来没骑过马，你听说在香山的鬼见愁上能租马下山，所以想节省车费去骑马。

这天，到香山玩的游客不多，在山路上我们零零星星地撞上几个下山的客人。从山上往下看，香山红枫的绿叶也由黄渐变红色，秀丽的香山宛如一个醉酒的姑娘，红得美丽可爱。秋天，比夏天更富有绚丽的景色，更富有诗意。站在鬼见愁上，山风凛冽，那感觉一望无际，大地在我脚下的气势油然而生；在心底的深处有一个声音在说："这就是征服！"

从鬼见愁骑马下山，这也是我第一次骑马，我们顺着崎岖不平的山路蜿蜒而下，当然也少不了惊呼和大惊小怪的叫喊了。倒是这时的你却显得平静，不时用不知从哪里"道听途说"学来的骑马术指导着我该怎么坐和蹬。在前面走着的你不知是为这眼前的景色着迷了，还是因为平时男子汉气概十足的我竟被吓得大气不敢乱喘的样子，你竟然开心地唱起了山歌……你不时的回眸，让我迷乱，不觉让我忘了是在马背上。这

[北京市]

时的你特别美，宛若天女下凡，一身白色，衣襟飘飘，清纯得像玻璃杯里的冰块一样透明，和荷塘里的荷花一样超凡脱俗。我想就是从这一刻开始，我便深深地爱上了你。

下山的路已走了近半，刚刚好转过一个险峻的山弯，我骑着的马不走了，它望着崖下发出一声悲鸣，久久不肯离去……在前头引路的向导歉疚地对我们说："对不起，没吓着你们了吧？这马儿'恋伴'，去年的这个时候，这马儿的伴不知是为了什么一时失足坠落这崖下死了，好在那次马上没有客人。"

紧接着又说："每次一走过这里，这马都会这样，可能是对伴儿的罹难表示哀悼，或是思念之情什么的吧！现在我们都不走这里了，这次是因为没什么客人，想早点回家才选择了这条路。"对此，向导一再跟我们说对不起。就这样我们在马儿一步一回头中下山了。

回来的一路上，我们都在心里默默地祝愿和祈祷，祝愿马儿能忘掉过去，面对新的开始。祈祷我们能在往后的岁月中风雨同路，相依相伴。

青春的舞步被一次次地演绎再演绎，真情的歌唱却又如此动听，百听不厌！可努力总是徒劳，永远得不到回报！秋天是绚丽的，秋天也是失落的，我们也是在一个秋天的夜色中分手……

今晚我又喝醉了，到了半夜，我还复清醒，酒精在抵消睡意的过程中散温；想了一天，我精疲力竭，回忆在抗拒思念的纠缠里沸腾……颓废如同安睡的孩子散开手中的玩具，滚落了梦魇，纯真来访，犹如当年雪白的衬衫。依稀，你的模样……不觉让我记起这样的一段话：太阳一天一天不回去，而你在太阳下一天一天渺小，你在汗水中绝望，在绝望中超脱，超然地看着世界，超然地看着自己，化外的宁静，一份实实在在的虚无……

秋天，这就是我的情结。

1999年9月30日

大河之北,京畿福地

【河北省】

揽日月于琼怀,
听百鸟之长流,
仰春风之和穆哉。

[河北省]

铜雀台

长河浩荡
人生苦短
往事不堪回望
多少英雄豪杰气踰霄汉
终是黄土尘烟
付之一叹
生,
而艰难地活着
　心悸律动
　呼吸历史起伏
　黄粱一梦
贫瘠的语言
无法表达内心的激动
　喜悦恨憎
　困惑死亡
　或是万籁无声

秋思成海
朵朵莲花开
天地为纸
秋雨为墨
以目光代笔
在心底挥毫黛泼
书写宿命岁月轮回
　晕染
　春秋……
也许,这不过
是上苍为众生
狂草的一篇悲愤祭文

花开花又落

有鼓瑟钟鸣鼎食

二乔的身影

在歌赋诗词中远去

消失

告别建安

漳水滔滔

带走多少风流

历史在夯土中沉沦

一转身

就是永远……

绝境

不仅仅是一场磨难

更是人生

人生的一种醒悟和升华

我不知道

在等什么？

是用自己的笔直抒胸臆

　慷慨任气？

或是抒发建功立业

　壮怀激烈？

也许，

在等天亮！……

天亮了

周郎没来

东风不再

只有玄武池的操练

残存着昨夜辉煌

　过往……

无需感伤

也不必哀叹

胸有阳光

总有一朵鲜花为你绽放

【河北省】

心怀良善
总有一片琼雪为你烂漫
雾开
放纵顺达心境
窥视穹宇
立星空
于雀台
收藏天空深邃与诗意
驾青鹏
同风起
揽日月于琼怀
听百鸟之长流
仰春风之和穆哉
有文姬胡笳十八拍
　　回荡
　　桑田沧海……
　　……

2023年5月19日

作者注：

　　三国时期，曹操击败袁绍后营建邺都，修建了铜雀、金虎、冰井三台，即史书中之"邺三台"，是建安文学的发祥地，台高10丈，有屋百余间，历代名人题咏甚多而名。

与暖风不离左右
——枕浪北戴河

清晨的北戴河
玉箫碧水绕红墙
诗踏浪而来
缥缈烟中坐啸云水之乡
在粼粼海面
写下
金色光芒
对岸一线
残虹点点
远去桅杆和海鸥低声吟唱
埋头创作的渔夫
悲悯一脉柔波荡漾
云雨交相

剩下我一个人的冬天
蜷缩在布满
记忆灰尘的书柜旁
任由思念
泪颜

【河北省】

风
渲染满身歌赋忧伤
落数笔墨鸦清案
凌乱
读不语书笺
成篇
看樱花落尽
勾勒当年
黎明前夕曾经的誓言
成殇……

我踩着落空的步伐
寻觅一段
时光长短
重新拼凑
美丽的明天
让
泪化作相思雨
沉浸在你给的孤单
再唤起
悸动柔肠……
等你也是一种美好

托梦，与蝶蹁跹
夜里
我该如何起舞孤欢？

逝去的剧目
有如月亮
照进井口
听哀调风花雪月祇礼焚香
离愁
也是一种力量
是一种另类幸福享受
甜蜜与挂牵
虽然很渺小
寂寞在夜色沉淀
伸手追寻
自由流淌七彩斑斓
与暖风不离左右
空床展转
望中依约是潇湘
朝暮想
怎生向
花腮新亭谁人与寄将
气韵楚江……
……

2024年4月20日

[河北省]

画你
——谒蔚县释迦寺

我提笔画你
是城南的烟雨
水墨林溪
晕染
脉脉含情轻轻细说与
听
松风鹤唳
晚来归梦细弦语
正是夜阑
谈笑清寰宇

不管是天上或者地狱
芸芸众生
殊方异域
我独写你传奇

行吟中国·凌寒诗文精选

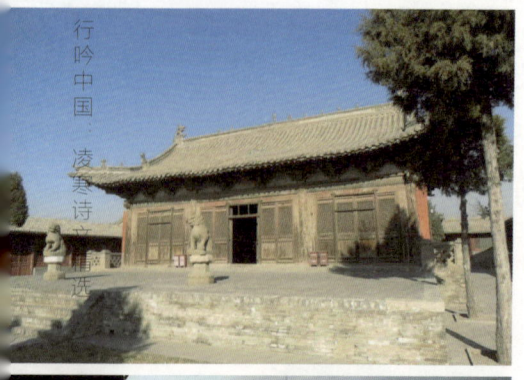

空谷幽居

心香若莲随缘而聚

来去空空

了无痕迹

三千世界诸云过

万般幻象是迷离

宿醒披蓑诗箫寄

谁读烦郁?

半檐青苔柳吐绿

似镜内眸眼阶兰玉

无人春自芳

雅意怜羁旅

寻不遇

筝求侣

远峰枯树夕阳照疏密

终是

残霞一缕……

……

2024年2月11日

作者注:

　　释迦寺,这座坐落于河北省蔚县城南关外的古刹,以其深厚的历史底蕴和独特的建筑风格,吸引着无数游客的目光。寺名源自其内后殿供奉的释迦牟尼涅槃像,它是蔚州古城现存最早的寺庙之一,更是蔚县唯一保留的元代古建筑。

文明根脉，表里山河

【山西省】

廊檐下的风铎，
追忆着万国来朝丰功茂德，
谱一曲，铁马金戈，气壮山河。

鼎
——题山西青铜博物馆

云梦潇湘若轻烟

飘飘河洛山川

铸礼为器

禹定九鼎

九曲以壶装水奠与酒

埋藏于心

赠饮天下乐升平

立世俗

而不忘本真

历四时

通达大道寰瀛

看乾坤寂静

唯有日月长耀明

经岁月磨砺

锈蚀苍冥

滋养文脉青铜

闪烁骁猛

肃銮辂旋衡

富足中

尽显尊贵庄重

血液里

淬火镌刻烙铭

书诗歌赋风雅颂

折射修文执履皇家熙盛

吟诵

庙堂社稷永恒

【山西省】

气冲斗牛志凌云
腹有经笥
锦绣藏胸
窥黎庶之辛
读古朴端凝
才华横溢内核
守己安分
经贫寒哀苦可垂竹帛
养修身性
青尊对客
返璞归真思想擎千古清和
回首风雨
上下五千年
大雁南飞复还来
落英缤纷绚丽舞宴

时间的木马
跳跃流转
为春积攒力量
天幕纱幔绻
曲水流觞
秦楼楚馆映霓裳
听木屐
响彻四方厢房
不见旧君王
疑骊山烽火有变
传檄文
夜点将
八百里漫卷
竖戟戈兵千千万
弓矢车马辚辚
狼烟跌宕
终究不过是尘埃
荡漾

探

陈列频繁

穿插不同经纬发展

演变

山右吉金

沉默寡言

用殷实精致

再现

华夏辉煌

在雄浑刚阳中感受

历史传承不朽之篇章

敬畏天地

威震四方

愿

春和景明

天上人间

共安康

2024年4月3日（清明）于寒山斋

[山西省]

梦回大唐
——夜宿山西佛光寺

昨夜风急雨骤

有风铃入梦

似游荡亡灵的悲恸

若阴魅招魂的瞑曚

比孤独更孤独的是唐王权杖

还有那战火一仗又一仗

谛听这一场

亘古的法事

   拜忏

      与

         礼赞

惊觉

乍醒

仿佛时光老去

穿越锈色晨钟

千年吟诵

隽永

恢宏……

不在意得失

不在意对错

喜悦也罢

沉静也罢

这幽幽山岚

空守着这千年寂寞

不需要刻意深沉

也没有矫揉造作

更没有那拒人千里的崇高和巍峨

更多的是一种超然和洒脱

庙宇斗拱

飞檐高阁

刻画盛世大唐闾阎轮廓

尊像壁画

精雕细刻

再现飞天舞姿琴瑟

廊檐下的风铎

追忆着万国来朝丰功茂德

谱一曲

 铁马金戈

  气壮山河

昨天的流光

关山阻隔

今日的陌生

擦肩而过

片片落叶随风入暮色

竹杖芒鞋

孤云野鹤

千帆过尽叹奈何

在这

[山西省]

拾阶而上
　你我
　　皆是过客
　　……
　　　……

2022年7月4日

作者注：

　　佛光寺，位于山西五台山南台西麓，始建于北魏孝文帝时期，唐大中十一年（857年）重建。

　　该寺为中国现存规模最大、最完整的唐代梁架结构的木构建筑，也是我国现存最早的木结构建筑之一，被我国著名建筑学家梁思成和林徽因夫妇在1937年发现，由此打破了日本学者之前的欺辱性断言："在中国大地上没有唐朝及其以前的木结构建筑。"该殿因此也被梁思成誉为"中国第一国宝"。

广袤草原，遇见北疆

【内蒙古自治区】

野草般的欲望，
多少春秋荣枯，
付之东流。

[内蒙古自治区]

莫日格勒河的斜阳

我是你
大漠拥抱的风
你是我
雪地脚印的重逢
泪洒尘梦
孤独无声

三千年的美丽
昙花一现
寂寞烟火草原
装点
装点起内心弯弯曲曲
弯弯曲曲的沧海桑田
年复一年
莫日格勒河的斜阳

用眼睛掬捧圣洁
盛一杯水酒
与岁月沉沦
一醉方休
有马鸣嘶吼依旧

铁蹄裹挟着狼烟旌旄
野草般的欲望
多少春秋
荣枯
付之东流

生命的河
水依然
依然流着昨夜的时光
今天的风霜
刻画着明天的红妆
有热泪盈眶
一襟星光
走了

【内蒙古自治区】

带走天边的身影夕阳晚装
心
还在河边
流连

我是你
大漠拥抱流浪的风
你是我
雪地脚印回眸的重逢
泪洒尘梦
孤独无声……
……

2023年4月30日凌晨

作者注：
　　莫尔格勒河又称莫日格勒河、莫日根河、莫尔根河，发源于内蒙古自治区呼伦贝尔市陈巴尔虎旗境内，大兴安岭西麓，号称"天下第一曲水"。

岁月静好
——游居延海有感

万里关山
卧雪眠霜
任世事沧桑
听风吟
看雨落
染墨流年
弦琴欲弹指零乱
泠渹！
……

大漠杯殇
青春容颜
余晖渥天鬲
读书卷
闻尘香
往事如烟
只将步履掩藏
蹒跚！
……

[内蒙古自治区]

浅读冬日
让心语素念
朝暮相畔
文飞云翰
画一世花明
写一幅思量
绣一季柔肠
聆听一花一世界
感悟一叶一天堂
岁月静好
碧海青天
……

2020年9月13日

作者注：

居延海，是我国第二大内陆河黑河的尾闾湖，是汉朝出击匈奴的前沿阵地。位于今内蒙古自治区阿拉善盟额济纳旗北部，形状狭长弯曲，犹如新月，额济纳河汇入湖中，是居延海最主要的补给水源。《水经注》中将其译为弱水流沙，在汉代时曾称其为居延泽，魏晋时称之为北海，唐代起称之为居延海。

冰雪吉地，林海雪原

【吉林省】

秋草平，倦旅吟，
问苍天漫漫踽踽独行，
天高意难寻。

[吉林省]

长白山天池的梦呓

谁的委屈生生
聚怨成
这一池泪痕
在这长白山镜分鸾影
独守红尘
守候着一份
一份海誓山盟
一份前世今生的约定
连那守护的白头翁
也说不清
是命?
还是情? ……

微雨水槛秋风
萨满起
踏歌抚琴
这拨弄的是弦徽?
还是你内心
　　深深的涟漪波纹?
不识趣的杜鹃
　　划过禁锢时空
　　泣血声声
远远的
看你枯坐芙蓉
断肠片片飞红
面如梵容
肃穆宁静
映化水月禅境
朱颜终褪尽

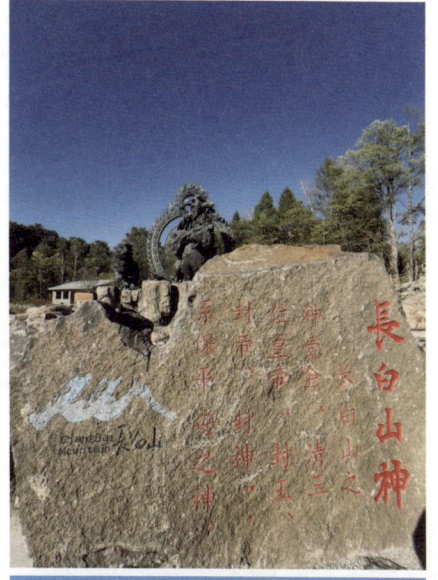

繁华笙歌隐
只遗空谷跫音……

举杯笑惊鸿
长啸皓月畅饮
回望来路
恰似孤鹜漂泊不定
秋草平
倦旅吟
问苍天漫漫踽踽独行
天高意难寻
英雄泪满襟……
江湖浮生
乱世烽火狰狞
千秋霸业功名
魂涌
蛰龙惊

【吉林省】

黑水黄衣女真
夜阑醒
兵戈兴
一剑划苍冥
铁蹄寇边越过崇山峻岭
直破龙城
醉书春秋倚斜云
东渐矽太清
竟闭关与世无竞
终是桑榆晚景
断梗飘萍
了了残鼎……
……
……

2022年8月17日

作者注：

长白山自古被誉为中国龙脉之一。

清朝从建州女真首领努尔哈赤建立后金起，总计296年。从皇太极改国号为清起，国祚276年。从清兵入关，建立全国性政权算起为268年。清朝（1636—1912年），是中国历史上最后一个封建王朝，共传十二帝，统治者为正黄旗爱新觉罗氏。

风来听钟
——拜谒龙首山福寿宫

走来,
从喧嚣凡尘,
披潇潇烟雨一身;
截薄凉几缕,
褪芳菲落红,
缤纷。
在福寿宫,
顺着闾阖天门,
看袅袅瑞霭氤氲,
勾勒道法自然以雌守雄;
刚柔并济为而不争,
虚其心,
接近山野灵魂。

拾阶上,
观岳揽胜。
修清静无为返朴归真,
回归见素抱朴少私寡欲途径,
养毓秀钟灵。
鉴灰墙黛瓦故舍,
雕梁画栋,
含关东文化烙痕;
飞檐斗拱,
藏道义要领韬精。
环视于龙首南,
孕辽水一湾匆匆,
扑面浅墨透浸;
博远深蕴,

岁月庄严神圣之境……

穿越千万年海枯石烂,
北溪亭边醉乡中。
拂柳飘萍,
轻盈;
随扶摇婀娜旋停,
有如初见你长袖舞韵……
信步所至,
随萤虫,
寻一花一草;
跟浮生,
逐半梦半醒。
风来听钟,
雨落品茶;
是谁的寂寞离愁成阵,
点缀那一地白色,
凄清……

陌上绿成荫。
缘分，
总叹花无声。
笑悲伤模糊月华刻骨，
遗温柔残雪新恨……
薄凉处，
红尘已凋零；
仰辰宿无数眸碎远，
听暗香涌动，
笔岸浅浅低吟；
有流云盈胸，
沐天地之无穷。
夜阑静，
星汉迥；
端起今日酒杯，
斟满过去苦涩碑文；
仰头喝下，
明天的宿命，
归程……

2024年4月14日于寒山斋

作者注：

福寿宫坐落于吉林省辽源市龙首山南麓，是东北最大的道观之一，被誉为"华夏玄门第一楼"的辽源魁星楼便矗立于此。

秀水泱泱,弦歌江南

【浙江省】

读着古朴吴侬软语,
迷蒙的淅沥,
是带着忧愁温柔静谧。

风雨亭
——写于杭州西湖

  自从壶口瀑布修围墙以来,全国各地景区争先效仿,先有虎跳峡强制游客在规定时间内必须驶出国道,再到青海湖三百多公里环湖一圈修铁丝网,如今轮到云南德钦梅里雪山修围墙。吃相太难看,这铜臭已让道德沦丧,更让人心碎了一地。

  以上做法,无异于"杀鸡取卵",反观杭州西湖从2002年起就取消门票,但其旅游收入却在逐年翻倍增长。在此,建议各地别只盯着眼前的"围墙利益""门票思维",要有大格局眼光和广纳天下客的胸怀,别建起的是围墙,倒下去的是民心。

  是为引。

2023年5月2日于杭州

走过陌生车站,
无处安放的城市,
怅然……
被挤压畸形的思想,
终于,
有了靠岸的泊湾。
散发的眼睛,
敷衍……
折射着,
起伏的波光;
有不被顾及的阴暗;
南疆的云烟,

[浙江省]

　　凄清茫然；
　　　北国的黄沙，
　　　　肆虐张狂……

历史的年轮，
生命沧桑裂痕；
无奈屈沉，
有滑稽与不忍！……
唐砖汉瓦，
穿上恨天高跟；
长城晚照，
换上短裙红唇；
或是，
被奴化了的"跪舔"嘴脸口吻。
不想针对，
也不想被针对；
无论怎样抗拒，
囚困……
从不接受，
也只好接受。
默认！……

读不懂，
古风遗韵。
没有怀古抚今。
只能是，
在钢筋水泥丛林里，
泅渡。
或是，
本能在文化沙漠里，
投石问路。
都市的霓虹之上，
从不缺少星星，
可有谁发现？

或愿停下脚步看看，
它的烁闪？
又有多少地方，
溪泉流水甘冽晶沁？
不收钱，
手掬可饮？

芙蓉不知出水处，
青莲应笑萍无根；
纵是三千烽火扬州路，
沙鸥汀鹭琵琶行。
　可笑？
　　可恨！

风雨亭里无风雨，
南屏阁前话南屏；
十万经卷诉尽长安茔，
也无风月也无瓴。
　可悲？
　　可怜！
　　　……
　　　　……

作者注：
　　风雨亭位于杭州西湖旁的风雨亭原系纪念辛亥革命先驱、鉴湖女侠秋瑾祠堂所在。1959年祠堂被拆除，后于其地建亭以志之。

玉枕兰亭
——游绍兴有感

[浙江省]

当生命
成了炼狱
痛苦
也许就是一种快乐
泪水
也会变成音符
在没有风的夜晚
石头也能歌唱
爱
并不是奢望
它只是
上帝考验人性的标尺
没有水
才能相濡以沫

人生

没有剧本

有些人注定漂泊

血色梦初醒

八万四千法门

自由撰写

浮华落尽笑凡尘

心之所往

向阳而生

面朝清簟疏帘晚风

半部云雨

竹杖芒鞋醉翁

山野游之

落子无声

满目星河皆是缘

恰坦腹东床瑰意琦行

遇良人

云梦情

定是三生倾尽

玉枕兰亭

……

……

2023年5月14日于寒山斋

作者注：

　　清梁章钜《归田琐记·玉枕兰亭》："今人熟闻《玉枕兰亭》之名，而不知其有三本：其一见《太清楼帖序》云：唐文皇使率更令以楷法摩《兰亭》藏枕中，名《玉枕兰亭》。其二，则宋政和间，营缮洛阳宫阙，内臣见役夫所枕小石有刻画，视之，乃《兰亭序》，只存数十字。其三则贾秋壑使廖莹中以灯影缩小，刻之灵壁石者。"

[浙江省]

等
——题写绍兴沈园之一

沉寂中的沈园
风雨飘摇里
堆积着
千年的情感
等待着西斜的夕照
映红那
久不见笑容的红腮
麻木的脸庞
许久没有
传递情感的信息
显得苍白和木讷
不善于表达
那内心千年的相思

墙上
死尸般不动的兰花小楷
如枯萎的灵魂
流露着落寞锥心的
颓废
文字里
活着的思想
写满幽怨
幽怨
是昨日的惆怅
在今日醉人的
血色葡萄酒红里
被愁思拉长
发酵成风尘里
久久伫立
等候的胡杨
沉淀成悠扬的诗篇
在牧童的短笛里吹响
更醇了
醉倒了一波秋水……

香径却未扫
莲步点点
海棠花影摇
那唐琬儿凭栏远眺的闺阁
一任东风吹劲
不知何日的黄昏?

[浙江省]

送来彩蝶一对
是梁祝错会楼台？
还是放翁对故地的重游？
也许
这只是招梦的人
错失的幻觉
在目光寂寂的深院
读一池融融的心事
在冬阳背后潺潺
流响……

作者注：

　　沈园，又名沈氏园，位于绍兴市区延安路和鲁迅路之间，本系沈氏私家花园，故名。清乾隆《绍兴府志》引旧志："在府城禹寺南会稽地，宋时池台极盛。"是南宋时江南著名园林，现为浙江省文物保护单位。

　　相传，南宋爱国诗人陆游初娶唐琬（小名：琬儿），伉俪相得，后被迫离异。绍兴二十一年（1151年），两人邂逅于沈园。陆游感慨怅然，题《钗头凤》词于壁间，极言"离索"之。唐琬见而和之，情意凄绝，不久抑郁而逝。

告别昨日
——题写绍兴沈园之二

风中的心事在空中飞了几转
落在了发霉的青苔上
长成绿蓝蓝的岁月
青春
不知何时也开花了
在阴沟里漫溯
漫溯
一夜的星子
不小心被那长脚的蚊子
叮破
告别落幕的话剧
那小丑无奈地对着
人群笑
笑失意?
笑剧终?
但人生的戏却未演完

寒风凛冽
在孤孑的路上看雪舞秋山
就这样
让雪在身边轻轻地落
让思绪轻轻地飞
告别昨日的斜阳
挥别那天的雨幕
轻轻地
让我轻轻地走
走在这无人的街角
让我们就这样轻轻地擦肩而过

[浙江省]

往复昨日的明天
今天的昨天
多情总哭诉无奈
星儿在静瑟的夜阑
轻轻地告诉我
你的伤感已在昨日
告别……

鸣响丧钟
让四方的人们都来吊祭
待听那阴沉的丧钟
向世人宣告：我已逃离
待你读到这诗行
沈园
千年的心事
千年的压抑
随流水而去
悠悠
千古多少事
大江浪淘卷起又潮落
滔滔
一去不回
正如我们在庭后的小路上
侃侃闲谈
声音如屋顶上麻雀的啾啾和鸣
如江水东去
流入那退潮的海湾……

沈园
千年的礼教
千年的枷锁
这昏暗的宅邸
恍如僵死的微笑
虚伪的微笑

目光呆滞而冷酷

在赤色的镰斧下

砸碎

满面苍白世代的封建专制

那世故的严酷的戒律

被一张红布包裹着的五颗金星

——粉碎……

沈园

千年的自由解放

千年的大门……

在今日的阳光下

顿然

洞开

——向游人

开放……

2002年10月7日

[浙江省]

在乌镇，等一场烟雨……
——谨以此诗献给追杀我的蚊子

饿疯了的蚊子来找我，
我用鲜血接待，
把它圈养了数十载，
这孪生眷宅。
我相信，
如果可以重来，
你愿用生命重塑，
过往尊严买卖，
换回你那一世骂名，
坐观成败！……
走出执念，
天下皆是舞台，
累了就给生活请个假吧，
还自己梦里逍遥自在！

山水如墨，
缥缈轻丝，
点点摇曳扶橹。
清幽的巷子，
没有诗愁气质，
很难体会这种细致，
若没亲历一次，
这或是人生憾事。
我在乌镇的江南，
下着雨，
听着雨滴，
读着古朴吴侬软语，
迷蒙的淅沥，

是带着忧愁温柔静谧。
白莲塔下，
人生苦旅，
比隋朝晚了一千多年的船只，
川流不息……

寻一靠河的茶肆，
亲近这萧凉洗礼，
品读袅袅烟火气，
聆听怡然惬意。
在晨光晚照里，
波光涟漪，
不要追风而去。
待明月入户，
清风吹衣，
书画不觉过车溪。
试问多少楼台，
只等一场烟雨？
我在等风，
也在等你……
……

2023年6月13日于寒山斋

作者注：

1. 蚊子，就是住在自己内心的另一个自己。

2. 乌镇是中国历史文化名镇，素有"中国最后的枕水人家"之誉，拥有7000多年文明史和1300年建镇史，是典型的中国江南水乡古镇。

3. 白莲塔属于宋元时期江浙一带通行的砖木混合结构的阁式塔，外观呈梭状，为乌镇标志性建筑。

4. 车溪是乌镇的母亲河。

[浙江省]

登六和塔远眺

　　暑期一家老少畅游杭州，赏夏荷，漫步苏堤，意兴阑珊，爽朗的心情有如苏杭山水——人间天堂般少有。平时过惯紧张的都市生活，来到这舒心的绿黛水墨的画廊，山色葱茏的水乡邑里，无疑有"不信人间有此景，今日入至画中来，画工还欠费工夫"之感叹。同时也平复了不少平日的烦躁。

　　借着无限兴致，取道六和古塔，以观钱塘胜景，江水浩渺；我想这时的心态，浩瀚的不仅仅是这钱塘江的气势恢宏，而且是这时的心比天高志更坚。登步六和塔，顺着一级级的石阶踏上一座小山，眼前一亮，只见闻名海内的六和塔就耸立在钱塘江畔的月轮山上。笔者一时为眼前的景观所倾倒，更对先人建造此塔深为叹服。六和塔层高有七，六面玲珑，暗合天下之意，深有天地、东南西北之深蕴；四周古木参天，鸟语花香，园林式的建筑结合这古朴的楼阁山色以及声声而来的暮鼓晨钟更显历史悠悠，岁月苍凉，深值后人登临仰慕反省。一时，心有感触；不为这眼前的一切，而为悠悠古道千年柏树、沧海桑田见证历史沧桑；为在这片神奇土地上演绎的人们诵一声：千古风流，英雄无觅处；楼榭歌台，总被雨打风吹……

　　走进六和塔，塔内保存着众多的文物古迹，其中有南宁尚书的省牒碑与四十二家书写的《四十二章经》的残碑石，以及明万历年间的真武像真迹，都与六和塔一道见证这里的山色水乡历史变幻。各层门额上还有多种诗文、楹联。另外塔中的须弥座束腰上的砖雕上雕刻有美艳绝伦、富贵雍容的牡丹；清丽娇秀的芙蓉犹如出水初露，无限美色尽现眼底；那展屏而开的孔雀、踏云而来的麒麟、火烧涅槃的凤凰让你深感置身于百花盛开、万物昌荣的乐园中，身临其境浮光掠影；还有乐妓、嫔

057

伽、飞天等，其姿其态或动或静，栩栩如生，美不胜收，令游人仿佛进入一座艺术的殿堂，流连忘返！

塔身由砖木构筑，跨陆而建，俯览江河，挑檐上明下暗，登临极目，钱塘江两岸风光尽入眼底，一幅横放眼前的巨画摆放在大河上下，画卷泼墨，点点滴滴描绘着苏杭劳苦大众的智慧结晶。同行的导游介绍，据记载，该塔为吴越王钱镠为镇江潮而建，初建时，塔身9级，高170米，夜间塔顶装有明灯作钱塘江夜航航标。后因历代兵燹，至中华人民共和国成立后数次大规模整修，现仅存塔高59.89米、7层。游人对这事深感遗憾……

我们还听到这样一个孝感动天的故事：古时候，钱塘江里有一条性情暴躁的老龙，喜怒无常，潮涨潮落反复无常，经常淹没田地村屋，卷走村民。

当时，江边住着一名叫六和的穷苦渔民，有一次江潮泛滥，其母被潮卷走，六和伤心至极，发誓要填平钱塘江，日复一日地往江里丢了七七四十九日的石头，老龙王无奈被迫答应以后涨潮定时辰，且要响声，而且只涨到此地为止；同时，放回其母和被卷走的村民，后人建塔纪念六和，叫此塔为"六和塔"。显然，这个故事是先民们想象出来的，并经长期的文化积淀、变迁而形成的，它是一种艺术的体现和升华；另外，我们还可以看出这是我们先民对仁义、孝善的赞扬，一种向往公义、和平的美好愿望。

在漫长的历史长河中，我们倡导仁义孝善，尊重双亲、长辈，爱老护幼。当时年仅六岁的六和都尚且知道敬爱双亲，可现在的人们生活在都市丛林中，接受着高等素质教育，享受着现代化的文化生活和物质生活，思想观念似乎却未更上一层楼；相反地，有些人甚至是走向了亲情的陌生、冷漠，人与人之间的关系更是人为地倒退。我们还不时在广播、电视、报纸上听到或看到有的子女为财产大打出手，打兄杀弟，更甚者还有因父母无钱支持子女生活享受，出现子女弑亲的人间悲剧。这不是更值得我们反思吗？为什么？问题在哪里？是我们进步了？还是我们退步了？

"菩提本非树，明镜亦非台。本来无一物，何处惹尘埃。"六祖说得好。本来人生在世是平和的、是清明的，世间凡尘浊乱是因为有私心私欲的存在，所以在理解事物时要先理好因果……这些大道理人人都懂得，可做起来可真的是难，包括我自己在内！我有时在想佛祖是不是也有些什么难处或是干不了或是管理不了事儿呢？要不，他为什么还要分三世佛（西方极乐世界佛、南无阿弥陀佛、东方净琉璃世界佛），分别主宰过去、现在和未来呢？

想着不觉悲怆愁苦，黯然泪下。这或许就是因为"有志不得骋，退而求归隐，何处桃源门……但因些微故，徒为琐事争"吧？……

莫名，写下此文，以此为记！

1998年7月写于杭州

江淮奇景，文化徽州

【安徽省】

九重天外显黄山，
人间仙境世无双。

[安徽省]

黄山吟
——林永望、林万成同游黄山随记

黄山非黄绿葱苍，
灌木娇姿岭峻幔；
奇石秀峰穿云去，
凡人不知顶轩辕。

自古长城立奇颂，
黄山石阶势亦雄；
巧匠苦筑千万级，
曲折蜿蜒入九重。

汝欲试其顶几层，
足脚加杖毅力宏；
攀岭拾级莫回顾，
弯腰作揖拜下风。

黄山顶上景万千，
一峰一石羡神仙；
芍树松林参天拜，
白云绕腰舞蹁跹。

布水岭下北海潮，
云际峰上云低头；
紫云蓬莱映蜃楼，
引针峦翠织彩绸。

公鸡峰邻狮子吼，
白鹅岭顶百鸟朝；
仙都琼楼玉生香，

石人峰下步仙桥。

九龙千仞蛟龙让,
清潭飞流瀑万丈;
双猫捕鼠狗望月,
武松打虎高跷辇。

十八罗汉舞长虹,
一线天上迎客松;
仙人指路云谷道,
天门过后耕云峰。

观瀑楼前猴园荣,
仙人榜下龙女宫;
清凉台上猴观海,
仙女遥望五老峰。

九重天外显黄山,
人间仙境世无双;
鬼斧神工穷墨彩,
苦了天堂乐凡间。

一品黄山日冉升,
残阳西唱犹堪彤;
汝到长城是好汉,
吾登黄山不豪雄?

2001年7月与兄林万成合作写于香港大埔中心

情牵翡翠谷

　　远远地在旅游巴士上我又看到了翡翠谷的牌坊，记得1996年夏我第一次来到翡翠谷，可因天公不作美，下起了大雨，我们几个自助游的散客只能是无功而返。这次，再次踏足黄山，无论如何也得完成我上次不能完成的夙愿；兴奋的心情使我不自觉地在嗓门大声吼出："翡翠谷，我来了！"

　　穿过牌坊，踏上流水潺潺的小桥，在通幽的曲径上蜿蜒进入翡翠谷，谷中怪岩耸立，气势非凡；空谷流音，仿佛进入一个空灵的世界，天籁中有若丝竹之声悠悠入耳而来，抚平了许多平日里的烦躁，说不上开心说不上伤心，只是静静地听着。环顾四周，皆削岩峭壁，古树茂密，怪石与洞穴棋布错落，清泉奔流而下，积水为潭，两岸是大片大片的竹林……

　　最引人注目的是翡翠谷中大小不一的潭池，这些潭池水色各异，五彩纷呈，趣味无穷，让人流连忘返。心中不觉浮想联翩：难道这是蔺相如手中的和氏璧，不小心遗落在这山涧间？经过千万年的洗刷，白璧蓝如许，翠如绿，通透晶莹。还是这万千年天地灵气的滋长，翡翠大如湖，厚如山，清可见底！——穿越时空的隧道，我们仿佛又看到贪婪卑鄙的秦昭王，私心欲望的野兽正吞噬着人性的良善。然而，正义又如这自然的造化，秦昭王的十五座城池再怎么也无法换去，这是终极的答案。在同行的导游小姐口中，我们还了解到它也有野性的一刻。雨天，怀里的温玉，在情绪的翻涌中碎裂成银河里的斑斓；远看，有若一条巨龙腾空而起，翱翔于天际，缠绕在黄山葱翠之中……

　　谷中还有瀑布、竹海，绿竹与飞水交相辉映，别有一种奇异的神韵，深有"明月松间照，清泉石上流"的风韵，像那和氏璧般的月踏云而出，带动如梦的衣衫，柔柔地在琼宇间起舞蹁跹；那夜的松林，那夜的流水，是谁在空谷中吹响了悠扬的洞箫，吹

奏着高山流水，那箫声犹如夜的河潺潺溢满我心田。我多么希望这感觉能真实地存在我的生活之中！正如在我烦恼的时候，有个人能陪我走上一段路！或是借我一个肩头，一个臂弯，让我憩息一下！不需要什么一辈子的依靠，不需要成为谁的负累！只要能在我固守着淡淡的伤口之前能给我片刻的宁静！……有时，在空虚寂寞时去舔舔这伤口，在有痛感时感觉自己的存在，这也许会是另一番想象吧？……风中，是谁与我并肩走在山林？是谁与我让黄昏悄无声息漫过肩头？不能重回的是时光，而我的景致是烙印，永远有林风抚起我的追忆……

在翡翠谷中有一幅巨大的摩崖石刻——"爱"字石，这是情人谷的点睛之笔。一对对情侣来到谷中，都要在这块大石上留影，以美好的倩影写下人生中难忘的一刻！谷中还有一座情人桥，踩上去晃晃悠悠。情侣们最喜欢从其上牵手而过，在扶链上锁上一对连心锁以示对爱的忠贞，让爱的滋味慢慢涌上心头，慢慢滋长……

风中思绪飘飞，导游小姐的介绍惊醒了我的沉思：翡翠谷也叫"情人谷"，1986年上海有36位青年男女到黄山游玩，邂逅于这条峡谷中。当时，此景区尚未开发，道路坎坷，甚至无路可走，他们来此游玩到兴起时忘了归途，不幸又遇大雨，山洪暴发，他们只能相互鼓励，相互搀扶，克服了许多困难才得以脱险。他们回到上海后，有十对结成了终身伴侣，其中有不少人还是在翡翠谷内初次相识的，因此，有人提议将此谷改称"情人谷"。

这里是一块未被污染的净土，一切都显得那么明净和充满魅力，它让人变得更加灵秀、纯真和多情，无数的情侣都在这里倾吐着对彼此的情意，弹奏过恋歌，正如黄山当地广为传唱的歌曲所唱的："山有情，水有情，翡翠谷中藏真情。情有我，情有侬，患难相助情更浓。"

1998年7月于黄山

风情八闽,山海画廊

【福建省】

这下不完的烟雨,
这画不清的土楼,
这读不尽的人生。

鼓浪屿之夜

海风
在耳边轻吹
咸咸涩涩滑落是谁？
空湿旧梦催
回首来路几时回？
望穿秋水
没有海鸥伴随
在鼓浪屿的渡轮上
心情是沉重的怆醉
怆醉
不为今天的现实
只为昨日的驷马不追
那沉重噬戴历史
让鼓浪屿这艘渡轮不堪重负
荏苒光阴
血泪盈襟

看灯塔闪熠流金
盼归
是父亲灼热目光殷殷
那海峡汽笛长鸣
是母亲
母亲唤儿的牵肠萦心
我听到
我听到你回来的脚步声音
在美华浴场的沙滩响起
与海浪踏歌而吟
有近乡的情怯畏凛
更是思乡的滔滔不尽

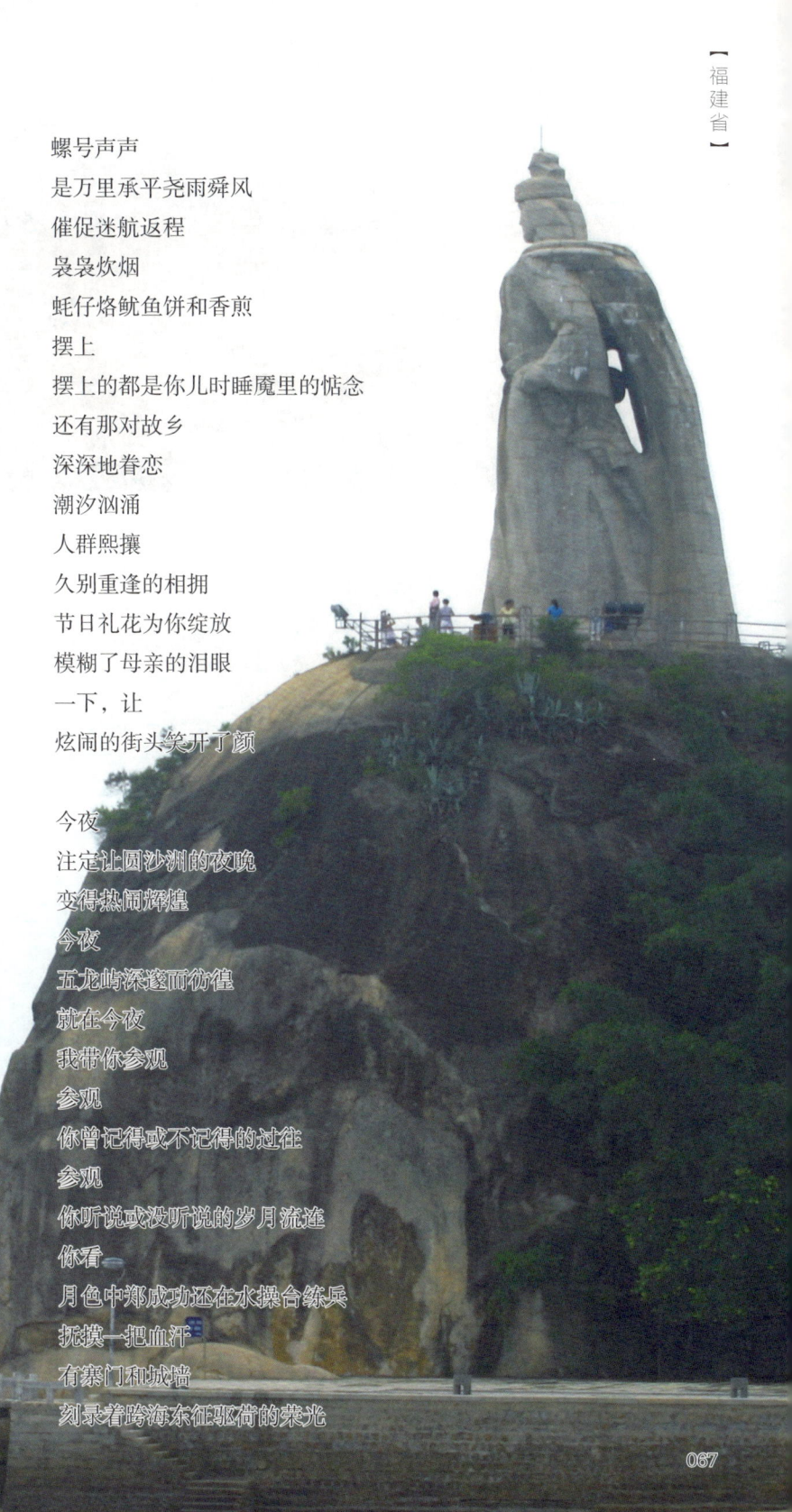

[福建省]

螺号声声
是万里承平尧雨舜风
催促迷航返程
袅袅炊烟
蚝仔烙鱿鱼饼和香煎
摆上
摆上的都是你儿时睡魇里的惦念
还有那对故乡
深深地眷恋
潮汐汹涌
人群熙攘
久别重逢的相拥
节日礼花为你绽放
模糊了母亲的泪眼
一下，让
炫闹的街头笑开了颜

今夜
注定让圆沙洲的夜晚
变得热闹辉煌
今夜
五龙屿深邃而彷徨
就在今夜
我带你参观
参观
你曾记得或不记得的过往
参观
你听说或没听说的岁月流连
你看
月色中郑成功还在水操台练兵
抚摸一把血汗
有寨门和城堡
刻录着跨海东征驱荷的荣光

彪炳千古百世流芳
华侨墓园
是多少游子叶落归根的殿堂
捧心归来再少年
日光岩上
承载着祖国母亲日夜的思念
目光灼灼的眺望

想家了，
归来就好！……
……

2021年7月19日于厦门鼓浪屿

作者注：

　　鼓浪屿，原名"圆沙洲"，别名"圆洲仔"，南宋时期名为"五龙屿"，自明朝雅化起用今名称"鼓浪屿"。该岛制高点为日光岩，与祖国宝岛台湾隔海相望，现为全国重点文物保护单位。

［福建省］

烟雨土楼

　　去年暑期，携妻儿闽南旅胜，领略该地人文。

　　观山岭纵横，开阔天地，心旷神怡；然，这烟雨下的虹桥土楼，不禁让人浮想联翩："你站在桥上看风景，看风景人在楼上看你；明月装饰了你的窗子，你却装饰了别人的梦"……深有感触，却久久不能成文；近日，翻阅旧照，思绪纷飞，随笔写下，以作纪念。

　　是为引。

2022年6月21日

历史的年轮
一圈
一圈
宿命的轮回
一圈
一圈

行吟中国：凌寒诗文精选

这下不完的烟雨
这画不清的土楼
这读不尽的人生
一圈
一圈
……

青山逶迤
长路漫漫蜿蜒
阡陌纵横
农桑稻田
亭台楼阁倒映
碧波中黛瓦粉墙
古韵悠悠
漫长
有如一位睿智老人
静静地
述说着过往
历史的明暗
……

撑一把油纸伞
徜徉
在这斑驳岁月
桥
从来路
走向心路
浮华喧嚣归于平静
日月往复
荏苒时光归于安宁
也许有天
发现
穷一生于桥上
韶华

070

【福建省】

刚在桥头踌躇
而耄耋
已在桥尾蹒跚
……

一堵土墙
刻画沧海桑田
半部云水
别过时空记忆
那里
有光阴的轨迹
那里
有阴晴圆缺朝云暮起
静默承恩
百年不朽
看惯熙来人往
和这
历史的年轮
宿命的轮回
还有
这下不完的烟雨
这画不清的土楼
这读不尽的人生
一圈
一圈
……
……

孤独的剑
——游湛卢山

剑气,
在脸上滑过岁月的风,
傲睨一世。
寥廓天涯蝼蚁,
伤疤烙写生命痕迹,
淌血印记……
一抔黄土,
撒在逝去的来路。
你的眼里,我读不到爱意;
黄昏追逐晚霞的裙裾,
弥漫诡谲;
烘托着迷离,眼角泛起。
消失于氛围的高峰峦翠,
前缘尽弃。

肃肃习习,隐隐辚辚,
无一败绩,无一知己。
究竟谁矣?究竟谁矣?
从生命岁月将你抹去!
咆哮地呼喊,
刺骨的战栗,
颠步嶙峋,韬光敛迹。
吞噬锋芒而潜密,
慨才华不逞终远誉;
不为正道之所忌。
手制之剑已千余,
不畏死亡之惧,
不知生命之喜;

只为，剑身镂字：
"锋之所向，天下无敌！"

血潮如铁，心如琉璃。
披头散发的鬓霜，
如颓败枯枝，
飘零在滚滚尘沙之中，
眼神茫然暴戾，
须冉张狂恣肆，
苍龙沉九渊，鄰光折戟。
黯黯黑云欲万里，惊涛海屹，
江湖风雨急。
背剑孑立，蓑翁倚笠；
庞眉皓首空悲泣。
双臂残垣，仰天长啸；
剑，
再也不会出鞘。
……
……

2023年7月25日于寒山斋

作者注：

  1.湛卢山位于福建省南平市松溪县茶坪乡，主峰湛云峰海拔1230米，为春秋战国时越人欧冶子奉越王允常之命，率妻子朱氏、女儿莫邪、徒弟干将在此铸就天下第一剑——湛卢宝剑之地，炉冶遗迹尚存，是我国历史名山。山中有剑峰、试剑石、剑池、炼剑炉、欧冶洞、仙姑洞、香岩、断碑、木涧、中祠、状元峰、陟岵台及岩古道等三峰十六景，并有摩崖题刻多处。

  2.湛卢剑在屡易其主后，到晋代为名将周处（即"除三害"那位）所得，后由其子孙转赠给抗金英雄岳飞，自岳飞风波亭遇害后，湛卢宝剑就此失传，下落不明。

潇湘烟雨，诗画湖南

【湖南省】

遥想岳麓黛染，
　橘子洲畔，
　风驾云烟。

[湖南省]

潇湘烟雨
——忆长沙

昨夜西风,
梦醒;
听窗外,
潇潇雨声。
念潭州烟雨爱晚亭,
远浦合屏,
沩山江雪楚山岭。
居含阳之光,
赋东岳宫之神韵,
有梧桐歌台水榭引黄凤,
凰腾烟寺鸣古钟,
耳边回响梵唱,
天籁之音……

遥望水边幽径，
乱峰倒影，
闲思残阳临晚递逢迎；
布雨施云，
层澜欲泣渔舟苹飘梗，
恰似当年醉里翁。
漏残露冷，
把酒更，
枕清风；
琵琶窈窈寻旧曲，
画楼沙鸥玉池波浪生。

回首望，
借阅灯火阑珊，
疑似潇湘……
遥想岳麓黛染，
橘子洲畔，
风驾云烟。
漫溯在潮宗古巷，
追随谭嗣同的维新思想，
我以我血荐苍生，
去留肝胆两昆仑；
品读高屋建瓴奠基石板，
翻阅历史沉沦素瓦青砖，
有丁香花伞，
聆听岁月脚步渐行渐远，
感受呼吸心跳，
叩响悠长，
　　浅笑，
　　而安……

[湖南省]

时间，
白驹过隙，
在你的睡眼，
浩瀚沧桑，
讲述着多少英雄好汉，
　崛起，
　　魂断。
与孤独为伴，
点缀生命力量：
山川，
闻到寂寞的芬芳，
等待雪绒花温柔抚摸脸庞，
亲吻疲倦。
喧嚣过后归于平淡，
不求夏花之绚烂，
但问秋虫之恬澜，
夜永清寒，
　无言，
　　恨晚……

登临杜甫江阁，
风雨问当年。
诗魂斜倚长沙驿，
叹，
归鸿暂寄，
湖湘行踪太散，
乱了衿宿星城。
重眠南湖港，
问客，
　别来无恙？

从未相忘！……
在驿站相别的地方，
你抱着我，
极目湘江北上，
看鹤舞白沙流潦诉悲欢，
眼角有泪光，
　　闪现，
　　　流连……
不觉浮想联翩，
在心间，
吟诵默念，
平沙落雁云帆远，
暮雪江天一钓船；
巴陵烟渚瞻远浦，
薄霞归舟梦千山。
……
……

2023年9月25日凌晨于寒山斋

作者注：
　　1.潇湘烟雨，潇湘指湘江与潇水，借指湖南。其潇湘夜雨、平沙落雁、烟寺晚钟、山市晴岚、江天暮雪、远浦归帆、洞庭秋月、渔村夕照，合称潇湘八景。诗中多有借用嵌入。
　　2.潭州，为长沙古称。
　　3.南湖长沙驿，杜甫初到长沙时寄居舟中，船泊南湖港。而南湖港附近的长沙驿楼也就成了杜甫送别友人的地方。
　　4.参宿星城，古指长沙城。

潇湘雨

这潇湘的雨
一直在我心里
总是让人难以忘记
从洞庭下起
纷纷扬扬
淅淅沥沥
下到了岳麓槐市
流淌着千年的
进学在致知
拼搏锐取

朱熹弦歌不辍
闻满庭书声成律
嗅得草木香气
颂唱着
历史的厚度
尘寰星光凄迷
烟雨不息
浓缩惟楚有材痕迹
在凝视的同时
也被它长久地回望
沉积……

这潇湘的雨
清秋通古今
步履不止
也是范希文提笔泼墨赋予
湘江精神不死
书写气壮山河英雄丰碑

使命与史诗……
这眼前弥漫的烟雨
不再是
远隔千里
在你心底
遥不可及的远方
洗礼……

2016年5月1日与父母子女家人畅游于湖南长沙

洞庭观月

山是冷的
水是冷的
连那水里的月亮
　也是冷的
无心伴月
月影徘徊
连风也跟我戏谑
吹起
　心里
　　一片涟漪……

站在洪湖的桥上
回看云梦泽渔火点点
洞庭的后花园
月光
是温柔的渴望
还有那温馨桂花香
　流水潺潺

漫过心田……
俯仰间
有虫鸣笑痴
若寒蝉
　凄切怆凉

没有灯
更没有范希文登斯楼的去国怀乡
情感固然
想当缪斯的门徒，但
行动更是乞者的莲花落
木棒指向
　是生存的祈愿
树洞里的黑暗
是智者深邃的思想
诉说人性的光芒
孤独的夜晚
陪伴着岁月一起成长

风雨洗礼
　挫折迷茫
烦恼樊篱
　憧憬向往
何必让失落悲观
笼罩你的脸庞
将悲伤
　写在沙滩
让梦跟鱼儿去流浪
把灿烂
　刻在蓝天
让爱跟随夜莺歌唱
　飞翔……

岳阳楼畔

[湖南省]

小乔墓前
早起的秋霜
在狗尾巴草挂上
挂上风的思念
一滴珠泪
露点
折射着清晨的
第一米
阳光……
……

2022年9月13日

作者注：

　　1.范希文，"希文"为范仲淹的字，北宋时期杰出的政治家、文学家，有《范文正公文集》传世。其《岳阳楼记》中倡导的"先天下之忧而忧，后天下之乐而乐"思想和仁人志士节操，对后世影响深远。

　　2.一米阳光，是说真爱短暂，转瞬即逝，与云南纳西族及玉龙雪山传说有关。而现在，一米阳光被更多人赋予了更加积极向上的含义，一米阳光，就如它的字面意义一般，是在那种阴暗的角落里总会到达的一抹光明，令人向往，为人们带来希望和温暖。

为谁痴心续残篇？
——岁末洞庭听雪

旧岁遐宇
天气如水华裳
少年披一袭月光
深邃眸眼
渊渟岳峙戎装
寄半阕相思庭院
今朝天涯那边？
朱阁红颜
落花清影独思量
断了芳肠

清泪洒薄
锦瑟繁弦
看掌心轻卷画帘
翻转江南倚阑哀音怨
夜未央
影难双
一襟幽事
紫系红线
洒秋风冬雪情丝万千
离人绕指缠

评写宿命笔端
应劫执念
梦回那世十里桂花香
恍若盛开白莲
问星空弦月
半夜鸣蝉

［湖南省］

为谁续残篇？

三万缱绻

镌刻痴心一片

最是柔婉素笺疏浅话凄凉

诉胭脂色淡

琵琶轻弹歌阑珊

谁共醉

恨离殇

愿与子携手同归

寒夜青灯暮残年

吟骨魂销

古道伴斜阳……

……

2024年1月22日于岳阳楼下

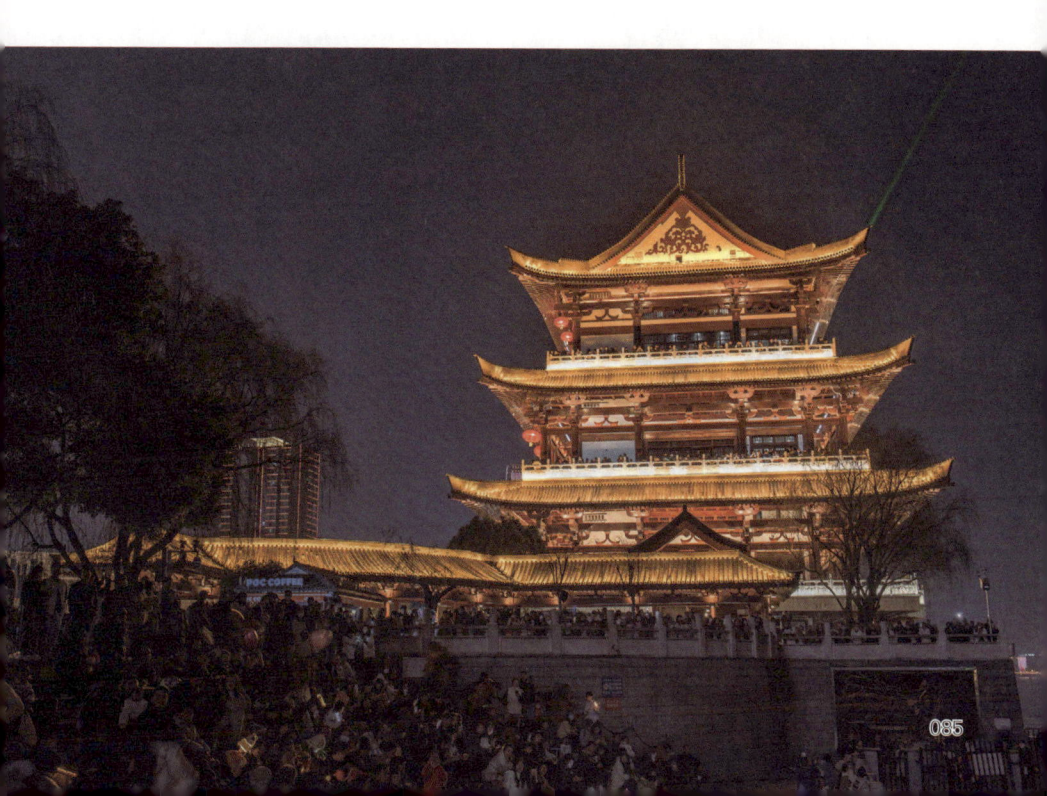

屈原祭·五月的河
——汨罗竞渡

岁月的风
吹了千年
……
心头的泪
滴了千年
……

千年的祈愿
帆影在云端驶过
丑恶
不安靖的海
浪头澜涛起伏着
酝酿着
命运的苦酒
破漏的蛛网
打捞着
生活贫瘠的鱼米
乏力的桅杆
无奈地支撑着精神
腐化的现实
人心的吃水线
丈量着方圆的厚度

黑夜
剥落
虚伪的面具
星空下
疏薄的衣襟

[湖南省]

扯下了画皮
赤裸成原始的冲动
美丽在空中飞翔
屈辱的泪水锈蚀长剑
秋日里悲冽的楚歌
你唱出《离骚》
"路漫漫其修远兮,
吾将上下而求索"
……
在长风里起舞
绝望
像黑色的墨烟
吞噬了
最后的一抹微光

五月的阳光
汨罗江
清者清
浊者浊
千年的时光
水依然流着
粽子与鲜花
龙舟与光阴竞渡
擂出新时代脉搏最强音的战鼓

你是大海的儿子
你踽踽而行的身影
地平线的尽头
一颗星升起
是求索者黑暗中
不死的
心灯

2019年6月7日

寒梅
——题湖南永顺梅林
(古体诗三阕)

在乍暖还寒的三月,湖南湘西永顺陈家坡上红梅悄然盛放。

虚化的景致,水墨的写意。有寒梅俏立,薄装粉抹,笼罩在淡淡的云雾中,若隐若现,微风轻拂,梅林飘来阵阵梅花雨,暗香萦绕,恍若仙境,美不胜收。

是为引。

2023年3月2日 于永顺梅林

一

斜日杏花玉琼佩,
煦色韶光雁初飞;
沙汀烟波离人泪,
芳树轻霭霁霏微。

二

绿萼添妆明霞媚,
珠箔雕阑问芬菲;
一夜梅开香万里,
疑是兰心倚朱扉。

三

恍若轮回枝南北，
红袖添香比明妃；
流泉心馨梦零碎，
雪落蓬莱覆银杯。

作者注：

　　陈家坡，是湖南省湘西土家族苗族自治州永顺县灵溪镇洞坎村中一个坐落在半山腰的山寨。寨中梅花遍野，竹海环绕，与土家传统民居交相辉映，相得益彰。在当地县委、县政府的大力帮扶下，永顺县文旅局驻洞坎村工作队牢记绿水青山就是金山银山的理念，倾心打造竹梅山寨，真正做到了一步一景，成为当地乡村旅游的一个亮点。

缤纷海岸,古韵今风

【广东省】

香飘起,
是思念的朝朝暮暮,
欲问咸甜酸辣做金鼓?

［广东省］

醉漾轻舟
——2022新岁夜游珠江

华灯初上，恰逢新年，与家人夜游珠江水系，酒满意足，尽兴而归。酩酊写下！
是为引。

2022年1月1日

新符除旧岁
十里长街美景良辰
并臻
拜辞入酒
散却郁结混沌
瘟沉
万象始元春
朗朗乾坤

沽肆兴罢狂歌
侠骨经纶
道不尽昨日黄昏
曾无数执念泪痕
繁华褪尽
蒹葭白发浊泪涔涔
已成炊烟桑云梵轮
初心不忘
热血边塞孑然身
长枪破关山
子夜还乡魂
誓言不弃
何处染红尘？

行吟中国：凌寒诗文精选

盛世长欢

千灯锦集香车月满斟

醉漾轻舟

倚栏瑶樽问玉宸

影余温

苒荏苒

蛰卧时光

萧散竹林氤氲

举杯沧海千年月

入梦山河万里诗

缤纷

……

……

[广东省]

睡美人传奇
—— "南海一号"的前世今生

  自你从南海走来，沉睡中苏醒，有呼唤声声。
  心心念念，一直想走近你，又不敢亲近；怕一不小心，惊醒你白纱织的恬梦和笑靥……近日，赴你之约，走进阳江海陵岛，走进"南海一号"，走进你的"前世今生"……
  是为引。

2022年7月11日

泪的归宿

是谁的泪
滴滴……
这十数万件的青花瓷
也无法
  掬捧
   你的情感？
又是谁
生生……
将这十里红妆遗弃
要用这偌大的海
 去盛放你的嫁妆？
  或是
   你的归宿
    ……

是你吗

是你吗?
真是你吗?
……

八百年沉睡
八百年漪梦
八百年时光
　　沉浮……
那宋金饰佩
讲述的是你前世故事?
那不甘凋零的青花
在瓷片上泣诉
这八百年风雨和潮起潮落?
这无边的海浪
这无尽的涛声
犹如丝丝琴音
　　起伏
　　　　婉转
　　　　　　……

我来了

我到底还是来了
带着海的颜色
赴你之约

没有深情地亲吻
没有相拥而泣的热泪
只是在心底
　　默默低语
　　　　"我来了……"

[广东省]

怕一不小心
惊醒你
白纱织的恬梦和笑靥

流沙和潮汐
送来问候
告诉我
你一直在等我
等我的到来
并送上
你提前为我准备的
　海浪做的白色礼花
　　还有那幸福
　　　泪坠

生命之窗
为爱而开
人生的那份淡然
宿命的那份悲冽
或是温暖
或是力量
或是荣光
不在意过去
不在意未来
在意的是心中
那从未熄灭的炉火

何处为家

鸳鸯珮
离人泪
三盅浊酒烛低眉
衾影独对

醉相思

玉床无梦入寐

遥寄月光

窥探我为你串起的珠贝

托借清风

轻抚你

　枕边的晶泪

画一个句点

在某一个角落

还有那年秋天

颠簸流浪的游子

家乡

在无眠的深夜

与他喃喃细语

一夜夜

　魂牵梦萦

一次次

　望眼欲穿

孤灯冷月

挥剑乱如麻

剪不断乡愁向谁洒？

寒风老了霜华

何处可为家？

……

龙窑新章

你走时

　风和日丽

你走后

　窑火未熄

你是什么？

【广东省】

　　是凤凰涅槃
　　　是龙窑里
　　　　重生的美丽

穿过岁月的橱窗
透过眼睛
看到你的眼睛
与你对话
你干净得像玻璃杯里的
　冰块
　　　一样透明
没有金丝铁线的痕迹
泥土被注入灵魂
承受着时光的触摸
一双双
怀揣着梦想的眼睛
把期待凝固成
汉唐烙印和精美雕纹
渴望着
那纯净的一窑
　　炉火
把希望燃烧
燃烧成生命的舞蹈
熔铸出水火的精灵
复活文明之魂
——
　那是你的呼吸
　　那是大海的呼吸
　　　有风吹过
　　　　……
　　　　　……

时间的剪纸
——写给佛山"非遗"传统美术

岁月斑驳
时间的轮回
在剪纸中滑过
有灯花旋落
寂寞韶华舞流年
素商萧索
吹去乱红无数
小楼重帘沉吟坐
春思虚托
骸刻
生命不死的印记
没有呼喊
没有言语

镂金凿饰楚荆俗
描红翦彩晋风遗
造华胜以相为
复登高以赋诗
慨北派南系
青黄难继
契谓运刀凌秋毫
功法技艺
静默典藏唐宋华章
一行一动一举
一染一韵一笔
书写光明
这禅音梵唱证法菩提

百舸争流舟楫

未曾游

天如洗

奈何缘浅镜照沟渠

抱恨煌煌传承已告急

浮云奢望驱使

人心隔肚皮

奉承阿谀

伪装自己

面具

叹夜来魂梦空思忆

名牵利役

问君征途伫立

望陇驿

风露细

断云孤鹜

荣辱如鹤绝尘一骑

横扫西山雨霁

葆一份清幽觉意

把心灵洗涤

放下执念算计

凭谁与寄？

聆听暮鼓晨钟

品读残阳万里

远道迢递

奋起

方得三分天地……

……

2023年10月6日晚于佛山寒山斋

带你去看海
——拜谒深圳赤湾少帝陵

一片桃花
书写
雪域冰川一份柔情
在沙漠的尽头
带你去看海

八万里烽火
牡丹亭下
江山跌宕百五余载
香风跟随狼烟
煨染
最后
在崖山陨落
背负的南渡衣冠
成就五坡岭
千秋一饭

零汀洋不语
内心起伏哀叹
用数十万军民的生命殉国
护住宋汉
最后一丝血色颜面
丹心汗青
铮骨思想
泛舟
跟着目光的脚步
长短
明灭不定的哲言

【广东省】

刻画凿嵌
远古失蜡青铜
还原九鼎八簋
一个个铁蹄戮杀血腥故事
烙篆
简牍图章

木瓜树叶招摇
撑着伞舒展懒腰
少帝赵昺陵前
阳光正盛
暖风下
平淡的日子
一杯一盏
时光
温柔缓慢
心
如静月
皎洁而自在

  2024年2月21日于深圳

作者注：

  1.少帝陵位于蛇口赤湾蛇地，面积50平方米。始建年代不详，最早一次重修为清道光十九年（1839年），1911年当地赵氏族人重修立碑，1983年招商局蛇口工业区旅游公司及香港赵族宗亲会共同捐款扩建。商承祚手书《宋帝陵墓碑记》。

  2.方饭亭为纪念南宋民族英雄文天祥当年方饭五坡岭（位于汕尾市海丰县城北郊）不幸被捕而建，故取名"方饭亭"，上有碑石勒刻"一饭千秋"用以纪念文天祥。

孤独的树
——写在台风"泰利"登陆前的浪漫海岸度假区

音乐未起,
却已终场。
在台风风眼,
我把你手牵,
享受着这片刻的平静,
任涛声拍打海浪。
那岸边,
孤独寂寞桅杆,
假装深沉,
思考着把天边的夕阳点燃,
让层层叠叠的火烧云,
烘烤这冰冷的心房。
在浪漫海岸的沙滩上,
我们没有作声,
站成了两支桅杆。
桅杆的旁边,
还有一支:
在润端,
起伏跌宕……

忍不住,
这泪水还是滑落眸眼,
成了,
掌心里的雨点。
纷纷扬扬……
从唐宋诗词下到了今天,
错落而漫长,
诉说着红烛摇影春残。

【广东省】

连那客读的书卷,
也泛起了波澜,
猎猎作响;
笑看云起云落,
被昨夜西风吹走繁星千年……
只有午夜的收音机,
叠夹着墙上倒影摇椅昏黄,
伴随琴声唱响;
清泠孤寂,
独览,
岁月斑驳流云沧桑……

揽星河茫茫,
有孤舟横渡,
亦喜亦欢。
默默接受宿命安排,
品味滚滚红尘柴米油盐,
或是,
黯然谢幕前的露宿风餐?
不管是颠沛还是平坦,
心中的热爱能走多远?
也许,
直到梦想成为梦想;
最后,
向往的地方,
成了别人旅途故事嚣喧,
群芳争妍……

在路上,
每天,
都是一次全新的角色扮演。
感恩时光,
带我启程。
跟着文字去旅行,

感谢每一位同途之人；
挥手离愁一枕，
不应更阑别时恨，
莫道春光归去泪成痕。
生命，
不长不短，
刚好够用来看看这凡世间，
魑魅魍魉，
你方唱罢我登场，
两鬓终成霜。
我知道，
这一刻你是孤独的！
天空大地，
包括了你我，
只剩空灵……
远方，
孤独的那棵树，
成了多少旅人的画面？……
……
……

2023年7月15日于茂名浪漫海岸国际旅游度假区

作者注：

  浪漫海岸国际旅游度假区，系国家4A级旅游景区，位于茂名市电白区博贺镇龙头山尖岗管理区海边，距茂名市中心城区40公里、电白区中心城区水东街道25公里，距放鸡岛12公里，以东南亚异域建筑风格和"浪漫"主题文化为特色，是广东省内拥有5.3公里私家海岸的滨海旅游度假区。

[广东省]

以孤独为伴
——写于汕尾红海湾

一

凌晨过海,
酒入愁肠,
红卫码头的朝思暮想。
心,
却泛波于风浪。
远处,
霓虹烁闪,
有泪光,
滑落,
在发丝飘飞的遥远……
没有原因,
流浪日子重了游子行囊;
重回故乡,
别来无恙。

想看,
篝火沙滩。
沙舌尾静夜闲寻访,
灯火阑珊。
没有来由,
不敢拥抱这渔港,
黯黯茫茫。
近乡怯,
情不敢相忘,
惟自我否定的情绪,
在心底颂唱,

越族灵魂归处的信仰!
家,
在品清湖畔……

归帆,
片片诗愁四溅;
螺号,
响彻妈祖凤山。
看,
那夜宵摊,
人来人往;
有香气弥漫,
飘荡……
陈旧的记忆画面,
越来越浓烈,
是儿时的模样。
——红海湾!……

二

人在江湖,
一瓣莲花敬故土。
云为鹤,
雾深处;
醉眼,

【广东省】

珠露……
酒醒红灯千万户,
极目萧疏,
有默默心事。
与孤独为伴向谁诉?
轻盈娇步,
韶光少年等闲度。
桑梓,
梦里述!……

星空下的不远万里,
春风不负;
让心底,
风景冲出峡谷……
任那寒雁衔芦,
甘被群芳妒。
盐町头的红树,
陪着沙鸥,
寄居汀洲花海民宿。
赏金风玉露,
黄叶漫舞,
回首,
斜阳暮……
……

三

在家乡的味道中，
刻录……
汕尾的夜生活与烟火气，
是"小香港"二马路。
——除了曾被，
陈炯明用来当作军部；
运送军火只是验证，
海陆丰人血脉觉醒貔虎！
这古老骑楼，
美食店铺，
与颜值无关，
只有吃货当筵主。
须知幸福，
非口腹，
无以足！……

夜幕，
忙碌……
香飘起，
是思念的朝朝暮暮，
欲问咸甜酸辣做金鼓？
恼烟撩雾，
只得偷偷回顾；
不教他人恶，
笑言鱼龙误。
只得道辞，
想找回，
那份岁月归途，
徘徊与踟蹰，
让最初的快意和安逸，
离愁万绪……

2023年12月16日

【广东省】

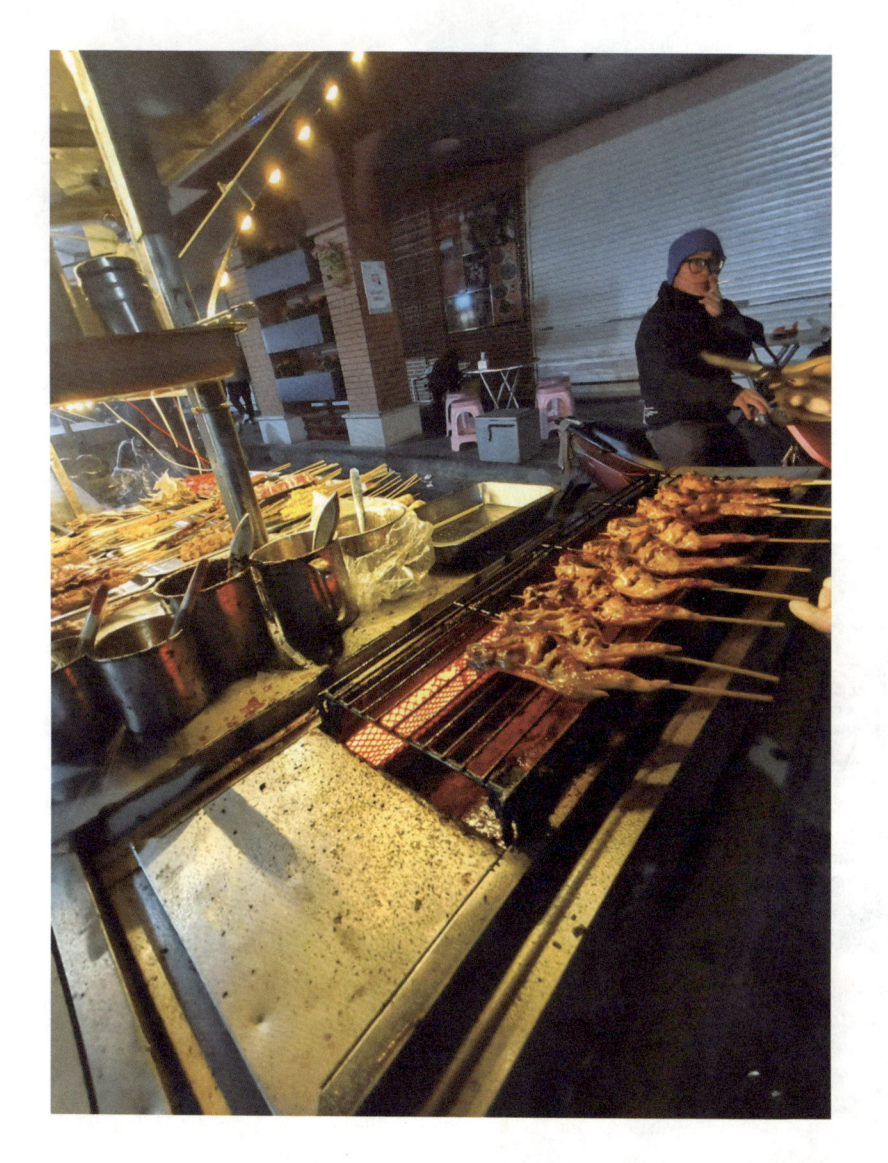

作者注：

　　1.在汕尾，生活着一个具有自己独特色彩和历史传统的社会群体——渔民，他们是先秦时期越族的遗裔，世世代代活动于南海之中，浮家泛宅，把舵扬帆，随潮来往，捕鱼为生。

　　2.红卫码头、沙舌尾、品清湖、妈祖凤山、红海湾、莲花、红灯、盐町头、汀洲花海、"小香港"二马路，以上均为汕尾的地名或景点。

　　3.海陆丰，为汕尾市合称。

　　4.金鼓，为鱼名。

行吟中国：凌寒诗文精选

上达的荔枝

  应上达村委领导请求，为家乡写首诗。虽已成稿，但内心惶恐，担心给家乡抹黑。乡愁，心怯……
  是为引。

2022年6月1日

起伏跌宕
凹凸不平的历史
来路
向后山延伸
那里
有儿时的回忆
酸酸涩涩
苦了岁月
也似乎甜了今朝的泪眼
是喜跃
也是近乡的胆怯
那懵懂无知的青色
是恋家的依赖
那初生粗糙泛黄的阳光
斜照里
有未来的憧憬
那红色的赤诚
有收获欣怡
  告慰老树的荣光
那黝黑的皮肤
渴望着对故梓亲切
害怕，还有深邃的
  眷恋和依偎

110

【广东省】

曾经的鸟窝
那白头翁也老了吧？
汩汩流向前村
那口清洌的泉眼也该老花了吧？
我估计呀，
老油车再也敲不出
榨花生香味的冀盼了
油夹木上是不是落下了
我心头上的灰尘？
让上达的牌坊和祠堂
怎么擦拭都随年轮
长满了青苔
那牵着我走过东闸门西闸口的老手
你们在哪里？
请放慢脚步
别惊醒他酣睡的笑容
也许呀！
那荔枝树丫做的弹弓
也拉不回昨日
被弹射出去的时光
只有眼前
这盛开的荔枝花
还有，蜜香的甜味
耳畔嗡嗡的呼唤
归来！
来归！……

——转眼
上达的荔枝
熟了……
……

作者注：

  上达村，坐落于汕尾市海丰县可塘镇，该村盛产荔枝。是作者生于斯、长于斯的故乡。

111

大海的早晨
——汕尾品清湖观日

起伏的浪涛
心跳
托起红日一轮
羞涩
憋红了海面波浪
灼热的目光
电弧似的一闪一闪
想
觅透蓝天的深处

渔船伸起慵懒的帆
打着哈欠
挥动船桨
拨弄着缕缕目光
击碎了
又新生了
无数的梦幻
海面变幻不定

时而湛蓝如翠
　　深不可测
时而红霞扑面
　　不敢仰视
或是乌云密布
　　拒人千里

寄出去了
邮上
一颗赤诚火辣的心
站在海边
在心底深处
多了一份祈盼与期望
　　热烈汹涌

1992年11月2日于汕尾东涌

晴雨
——深圳华强北的人流

窗外，雨依然下着。潮湿的心，有些默然的挂牵；那淡淡的愁绪，随着雨丝的点滴轻扬曼舞……漫步在鹏城的街头，任由雨点轻肆，抚一把这湿乎乎的情感，都分不清是雨水还是泪水。

南国的海风，带来一阵阵的咸味，和着冷冷滚滚的彷徨；被世俗拉长了的背影，更显得只影孤单……风浪中的风帆，挣扎在险礁恶浪中，一次次期待着阳光的妩媚，云彩的璀璨，和那可以停靠的一叶心灵的港湾……

狭小的思想中，是沉郁？是闷热？还是死亡的灰色……那堕落的灵魂，布满金钱铜臭的幽灵，在黑暗的灰色中弥漫；生活的雨点，如萍梗般无奈地游荡；生命的真谛，又有如石头与鸡蛋那般现实，如烤焦了的白纸那样脆弱。不敢奢望月色皎洁，不敢期待星儿相伴；只期盼着孤灯一盏在黑夜里为我烁闪……

铺开淡幽的信笺，为你尽诉衷情；那暗香浮动仿佛是你处子的幽香，不觉，让我疑是你的探访。这阵阵的思潮有如泉涌，在我的笔尖流淌。问一声多情的秋风，你是否也明白我真情的赤诚？那天边高高悬挂的彩虹，可是你深情地回眸？……

1999年6月写于深圳华强北

古海岸遗址见证沧海桑田
——参观南海狮山石碣海蚀岩

秋风乍起。

初秋的江南天空一远再远，斜阳的余晖写满桂树的思念与落寞，孤独地伫立在这古海岸的崖石上，似是在翘首等待着远去的潮汐，再次叩响这千万年孤寂的心灵……风过树梢，那漏落树影下的金黄，耳畔沙沙响起，这是海浪的亲吻？或是大海的女儿在这古海岸的沙滩上遗落的足印？也许，这是伊卡洛斯穿越死亡的时空，在这石碣的滩头上点燃篝火，跳起了古希腊舞蹈……

就是在这样一个秋风乍起的日子，我踏上南海狮山石碣古海岸遗址，拜谒和凭吊曾在这里生活和改变着这片神奇土地的先民。并为他们踏潮而生，迎浪繁衍，拓千古风流之雅章，道一声："乱石穿空，惊涛拍岸，卷起千堆雪。江山如画，一时多少豪杰……"

今生——海蚀地貌千姿百态

顺着石阶，一步步登上石碣古海岸遗址的崖石上。两边长满了桂树和松树，相互交错，遮蔽着一段段起伏不平的古海岸线，似是在告诉人们，这是万千年神奇造化的最强音。绕着这一段段错落有致的崖石，不时可以看到那些被远古海浪冲刷出来的大小洞穴，光滑中显现着许多斑

驳。同行的向导告诉笔者,这些凹凸、斑驳正是海生贝壳寄生岩石上,在海水退却后凸显出来的,后又经历着沧海桑田变幻,在风雨的洗礼下形成了现在的这般光景。

据了解,古海岸线,即过去的海陆交界线,大多指第四纪时期残留的海岸线。石碣古海岸遗址的标志竟是一处"石阵"。在村子东面的后山旁,一字排开的岩石连绵百余米,高约10米,形似一道从平地崛起的石头屏障。这些所谓的"石阵",其实是由海蚀崖、海蚀平台和海蚀柱组合而成的海蚀地貌。顾名思义,海蚀地貌的形成归功于海水对岩石的不断侵蚀。日复一日,年复一年,看似柔弱的海水终究把坚硬的石灰岩雕琢得千姿百态。与英国巨石阵恢宏的人工美相比,石碣古海岸遗址的"石阵"可谓名副其实的"鬼斧神工"。

被削尖的顶部成了陡峭的海蚀崖,被冲击得侧面留下深邃的海蚀洞,被抚平的部位演变为海蚀平台,海水进退摩擦的地方则成为海蚀柱。这些经过海水打磨的"元件"均属于确定古海岸线的主要依据。它们随意组合,相互穿插,变化多端,浑然一体,共同拼合出一幅现代海水作用而成的完整图景。高约10米的海蚀崖下常嵌有深达2米、高达3米的海蚀洞,洞前方往往向外伸展出宽6—15米的海蚀平台,台上还时而拔起几个高1—2米的孤立的海蚀柱。

石碣古海岸遗址的海蚀岩表面坑坑洼洼,沟壑纵横,呆呆地立在山脚边,赤裸裸地任由雨打风吹去。不过,令人啧啧称奇的是,有些裂缝相凹陷处竟然长出了枝繁叶茂的树木。原本"衣不蔽体"的海蚀岩不再死气沉沉,树冠在岩石表面投下斑驳的影子,摇曳生姿,给遗址带来丝丝生机的不仅有从泥土蹿出的绿芽,还有在水中潜伏的贝壳。海蚀洞下的岩缝或海蚀穴里,黏附和聚集着不少生长于咸淡水交界处的软体动物。

前世——古海岸线丈量沧桑

远古时期，石碣村是古海湾岸的浅水地带。千百年来，由于平原不断冲积，海水渐渐外退，往昔的海岛得以浮出水面，如今的小山丘才见天日。2000年11月出版的《南海县志》记载：松岗石碣村的海蚀岩乃古海岸遗址，既是海陆变迁的见证，又是地壳运动或海面变化的标志。如今，这里的石群静静躺着，悠然自得，安分的背后或许掩藏着海陆变幻的沉重步伐，留下了时代更替的不灭印记。追踪步伐，考究印记，不同时期的海陆分布展现眼前，古代地理环境亦了然于胸。

有专家对石碣古海岸遗址的地貌进行鉴定后，认为珠三角的起点在西江羚羊峡东口、北江三水芦苞和东江东莞石龙，把其视为古代最北海岸线的顶点所在。这条古海岸线的起点站为广州市东南的黄浦，往西经过石湾、南庄和松岗，再折向南贯通顺德的均安、江门和新会，终点站为新会古兜山东北麓的沙富。其中，石碣古海岸与东莞石龙相衔接，是已发现的众多"站点"中保存最好的一处，其价值远在广州七星岗古海岸遗址之上。

踏破铁鞋无觅处，研究珠三角古地理、古气候、海浸进退、地壳升降的极佳样本就在石碣村民的家门口。村里的老人说，石碣村拥有700多年历史。广东省孔子后人最多、最集中的村落要数石碣村，村民自称为孔子后人，村里90%以上的村民都姓孔。如此难得的礁石滩景为石碣村平添一份朴实的古韵。与石碣古海岸遗址类似，里水虎头岗遗址也折射了佛山地理环境巨变的缩影，保存着清晰的"角度不整合地质剖面"，实在难能可贵。

争议——古海岸乎？火山口乎？

随着广州七星岗古海岸遗址的开发，"古海岸热"扩散至松岗，石碣古海岸遗址获得了更多的关注目光。2004年2月，南海区人大代表提议：要长期保护古海岸遗址，必须借鉴一些文物景点保护的经验，将该处开发为旅游景点，达到利用与保护的双赢效果。最终，人大代表达成共识：筹建古海岸遗址公园，使公园成为继南国桃园之后的又一景点。石碣古海岸将跨越历史的厚度，从饱经沧桑的自然遗址，摇身一变成为现代人了解历史、探索自然的休闲好去处。

然而，遗址公园的开发进程被"石阵"的身世之谜绊住了。2004年6月初，广东省文物考古研究所研究员刘成基应邀对石碣古海岸遗址作新的鉴定。刘成基在遗址取得一些瓦片，作技术处理后认为那是宋代的文物，证明遗址确实有较悠久的历史，与古海岸的久远年代不谋而合。但他补充，凡是古海岸遗址都能见到生活垃圾化石，可是石碣的遗址没有发现这一标志物。刘成基提出，这里实际上是一处火山口。确定古海岸线的依据除了海岸阶地、海蚀洞、海蚀崖、古海滩和海滨生物遗骸等直接标志外，还有海陆相地层或沉积物分布的间接表现。

是古海岸？还是火山口？"石阵"的正身尚待验明，遗址公园的开发工作因此骤然停下。"火山口"一说使石碣古海岸的知名度经历了意想不到的火山式喷发，各地游人慕名前去，或领略海蚀地貌的独特风采，或拍下嶙峋怪石的矫健姿态。

专家——古海岸形成于五千年前

"在礁岩上，仍可见以蓝砚、蛤蜊为代表的海生贝壳层。"佛山科学技术学院几位地理学专家多次亲临现场，做了多次考究，始终认为石碣村的这座"石山"属海蚀遗址，它拥有海蚀地貌的特征，如海蚀崖、海蚀穴（洞）、海蚀柱、海蚀平台等。原佛山大学地理学专家杜学成说，现在走近这些礁岩仍可觅见当时海生贝壳的斑斑残迹，也可在这片海蚀平台找到贝壳碎片。专家推测，石碣的海蚀遗址形成于中到晚期的全新世海进时期，距今4640—5000年。由此可见，如今的南海官窑、松岗石碣、里水沈村、盐步罗村等地与禅城河宕贝丘遗址发现的牡蛎壳等可能都是当时海平面附近的海上生物。

据杜学成介绍，在20世纪80年代，省地理专家已经发现佛山地区（现佛山市）有4处海蚀遗址，如南海松岗石碣村古海岸线遗址、南庄镇藤冲石岗、石湾街道石头村海蚀遗址和顺德龙江镇锦屏山北坡海蚀遗址。但是，随着经济的发展，加上市民对地理认识的贫乏，有些人在这些珍贵的遗址上盖房子，彻底破坏了3处遗址。仅有石碣村古海岸线遗址幸存至今，也是目前发现的佛山境内唯一的海蚀遗址。

2008年9月3日于佛山南海

山水形胜,神州沃壤

【广西壮族自治区】

阳朔,
是一个世外桃源;
而雨后的阳朔,
更是一个化外的地方……

【广西壮族自治区】

远嫁他乡
——游桂林叠彩山

四序轮回,
转眼,
季节的裙子又穿上。
大街色彩跳跃,
流淌,
时代的交响……
夜空中,
流星划破穹苍,
留白一方;
蘸着月色,
半枕蓝梦演绎相遇画卷,
肆意泼洒心事墨点;
让思绪,
沾满袖馨香,
起舞依恋,
摆弄这堆积如山的情感。

无目的地周游于桂林,
浪浸斜阳,
烟光淡荡。
枕山水,
笑野棠,
我闻到泥土的芬芳。
打开双臂,
品悟岁月悠长,
希望这世界没有让你悲观。
时光飞处,
回忆温暖;

前世顾盼神飞眸眼，
打湿今生缠牵眉弯；
思念，
有如万里长江，
无论后前，
不可绝断！……

再也回不去的少年；
大海，
从没让你懊丧。
好好生活，
休愁怅，
听歌持酒无处话离肠；
逍遥自在是向往，
管他红日霞晚。
醉，
在呢喃。
阅清波横腰布练，
一派潺流碧涨，
石文彩翠，
层叠相间。
看一场，
仪式感满满的春雨浪漫，
日夜兼程，
远嫁他乡……

2024年4月9日于寒山斋

作者注：

　　叠彩山旧名桂山，位于桂林市区东北部。在桂林市区的漓江之畔，包括四望山、于越山和明月、仙鹤两座山峰，是唐代桂管观察使、文学家元晦开发的旅游胜地，按照《图经》"山以石文横布，彩翠相间，若叠彩然"而将其命名为"叠彩山"。

一蓑烟雨阳朔行

[广西壮族自治区]

雨，下下停停……

正如这潮湿且不平静的心，起伏或是失落。没来由地有远行的冲动，电话告知几位好友："我想去桂林阳朔，你们去吗？"意想不到的，得到了一致的回复："走起！……"

西街，让我们发狂

这天碰巧是星期五，倒省了一众请假的麻烦。一下班，三五好友开着车从佛山出发，抵达阳朔正入子夜。这时的西街灯火正旺，熙熙攘攘的人群在这里憩息，或是闲逛，把旅游所带来的劳累化成享受购物和品茗……

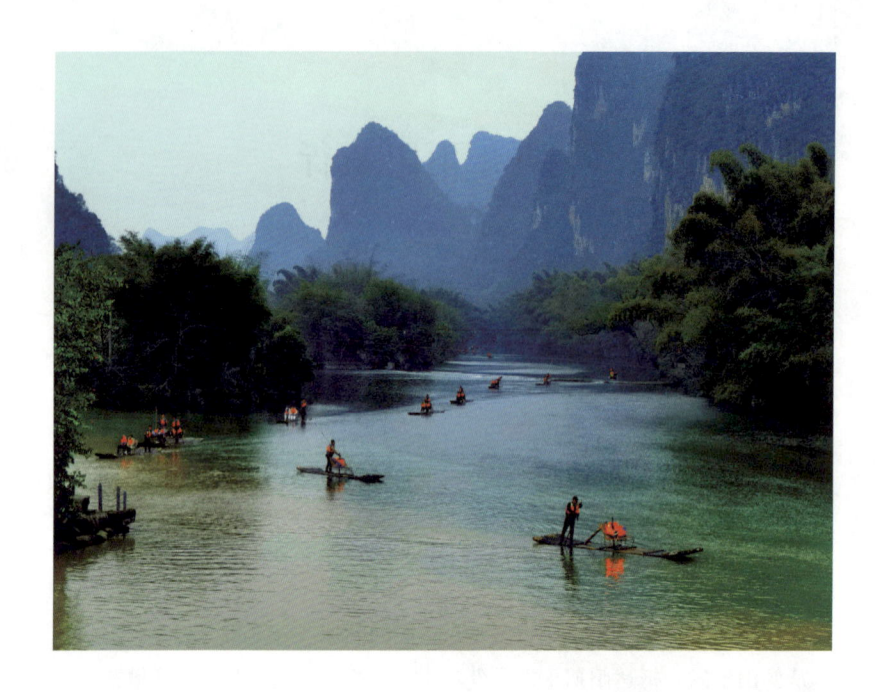

稍作安顿，从酒店里出来，雨正停。几名好友相约到酒吧一条街上小酌一杯，同时细细品味桂林地地道道的各式小炒，啤酒鱼和啤酒鸭是我的最爱，怎么能错过？——还有那桂花汤圆也不能成为遗憾。

　　西街，是绝对能让你彻底小资一把的地方，这里绝对是女人为之疯狂的地方。你看，同行的"美眉"们手里不知不觉已在闲逛、发呆中，购买来一大堆说不上名字的好看的小女人的东西。

　　当然，同行的大老爷们也不愿认输，狂扫了半条西街，有射箭的，有刻章的，也有看热闹不嫌事大的——比赛吃田螺。

　　还是法仔最有创意，为自己选了一件纯白色的T恤，并在自己的手指上刷满红色的、蓝色的颜料，往上面一盖。"怎么样？不错吧？手印，这是绝对独一无二的创意，因为每个人的手掌和纹路都各不相同。"法仔得意地说。李强也不认输，也买来一件白T恤，龙飞凤舞地在上面写了几个字后哈哈大笑——"我发财了！"

踩单车，在细雨中穿行

　　清晨起来，整个阳朔沉浸在如痴如醉的云雾中。推开窗，书童山若隐若现，漫步于城东南的田郊，像是走进了如诗的画境中。心，是如此平静……

一场骤雨翩然而至，雨丝在晨光中显得格外晶亮。细看这晶亮的雨丝，温柔地，像是情人的问候，斜斜地扑打在我们的脸上；不想躲避，平静地接受着雨滴的亲吻，笑看那石板路面腾起的一朵朵小巧的"灯盏"，心也开始雀跃。

这雨中的清泠，丝毫没有影响大家的心情和兴致。没带雨具，用一元跟租单车的老板随便买了件一次性雨衣，就近吃一碗桂林米粉，补充一下能量。随后，相约踩上单车，队伍随意而行，写意地出发——没有方向，更没有目的。

这时，雨，停了。

十里画廊上的我们，像早晨的鸟儿一样轻盈欢欣飞翔，你追我赶，一路在追赶着嬉闹着……公路两旁，有大片大片的稻田，黄金似的稻谷一派丰收景象，饱满，挺拔，迎风招摇。这雨后的清新空气，拥抱着我们；这眼前流转的榕树和竹林，散发着泥土的芬芳，气息悠扬。那在身边滑过的远山近崖，或淡烟轻抹，或绵延起伏，就连那低垂的云雾，也若即若离地粘连在山腰和河面上，有如一幅自然绘就的静止山水画。

法仔的手机响了，是《斯卡布罗集市》，没看到他接电话的动作，也许是他不想打破这恬静的片刻。音乐声随着单车的前进，此起彼伏地在山野里回响。

前方，被称为"小漓江"的遇龙河出现在眼前。河道清澈见底，有如一条蜿蜒玉带缠绕在这迷人的"世外桃源"上。停车，坐看四周，青山如黛，犹如水洗过一般清新而明丽。整齐划一的田园，微风吹过，起伏如浪。阡陌中，有弯弯曲曲的小河道汇入遇龙河；远处，村落的袅袅炊烟别样生气而多情……

"嘿……什么嘴（水）里打跟头（斗）咧？什么嘴（水）里起高头（楼）咧？……"古榕低垂，凤尾依依，亭亭莲花开得正艳，到底是谁用这破嗓门在破坏着这眼前绝美景致？这是故意制造噪声惊扰三姐的清梦？……远处，在《刘三姐》影片拍摄地——对歌台上，几名老外在当地导游的"教唆"下，正在用他们自认为很美妙的"声线"与当地的"美眉""对山歌"呢？

这时，有几名渔夫划着竹筏过来，邀我们漂流："帅哥美女，走吧，对面便是刘三姐和阿牛定情和对山歌的地方哟，我们也去赶场子吧！"不待他"勾引"，早就有人按捺不住，跳上筏去荡着清波。

雨，哗啦啦又下起来。

撑竹筏的渔夫阿哥不紧不慢拿出一把早已备好的太阳伞，绑在竹筏的两把竹椅之间，有如一朵朵盛开的太阳花，娇艳、热烈。竹篙撑起，竹筏轻轻滑入河里。这时，两岸的风景又在变化，在小雨中越发朦胧富有诗意，有如一幅山水泼墨水彩画，在眼睛里流淌……

盛夏的小漓江，清凉无匹，无限春意……

雨雾虚化了满眼的风景

雨，悄然停了。

"到时间吃饭咯！"临时雇佣的导游正在岸上招呼大家。

"开轩面场圃，把酒话桑麻。"酸笋、黄瓜、漓江鱼、酿米酒……地道的农家菜。我们中午选择的是当地一户殷实农家，老乡是汉族的，不会说普通话，但会说粤语，厚道淳朴，笑脸相迎。

酒足饭饱，我们骑车继续向前，向着阳朔的画廊美景深处进发。出发时，雨突然又下了起来，从对岸飘来的云雾裹挟着雨水，从我们头顶掠过，虚化了满眼的风景。如果说九寨沟的美，是极致绚烂的美，美得令你无法呼吸，那么桂林山水之美，则是一种点到即止，写意的美。透明的天空，有如水墨国画中的大片留白，大胆、写意，而那四面青山、阡陌田舍，则是写生时行云流水般舒展勾勒……

阳朔的烟雨季节，尤其显出一种闲云野鹤般的飘逸和灵性。大家并不急着骑车赶路，走走停停，恨不能将这眼前的一切一无遗漏地摄入心底，安放在生命中的一隅。

恰似一轮皓月的月亮山

云雾渐渐散去，山的轮廓清晰起来。前方升起一团淡紫色的雾气，依山傍崖，若隐若现……天晴了。灰色的天空，不经意露出了一方碧蓝，如一口清澈的井水。光，从泉眼里泼洒开来，迅速弥漫了三千大千世界。

一道光，也穿破了眼前的山峰。"快看，大白天出现月亮了，好圆！"身边的琳惊喜地尖叫，好像"发现新大陆"般雀跃的琳，被同行的导游一句话"淋"得像斗败的公鸡——"那就是月亮山。"

据导游介绍，月亮山是阳朔境内的奇景，它在高田乡凤楼村边，高达380多米。因为山顶上有一个自然贯穿的大洞，好像一轮皓月，高而明亮，月亮山因此而得名。

　　顺着一条800多级的登山道直达月洞，这个月洞大得离奇，高宽各有50米，而山壁却只有几米厚。洞的两壁平整似墙，而洞的顶部却挂满了钟乳石，形状各异。其中两块很像月宫里的吴刚和玉兔。据悉，在天晴的时候，游人可以透过月洞看到蓝天白云，好比一面高挂在山巅上的圆镜。在月洞北侧，有一座圆形的小山，人们可以顺着山南侧的"赏月路"，以不同的角度，欣赏不同的景致，领略到不同的圆月、半月和眉月景象。

　　大千世界无奇不有，在阳朔令你领略造物的神奇。难怪有一位外国元首到阳游玩后说："上帝用了第一个七天造了亚当和夏娃，用了第二个七天造了阳朔，他的下一个七天造的是什么呢？……"

　　无人知道，但有一点可以肯定的，那就是：阳朔，是一个世外桃源；而雨后的阳朔，更是一个化外的地方……

2004年7月2日于广西阳朔

瑰丽险峻,安逸四川

【四川省】

云海茫茫,
起伏千年,
思绪中时空轮转。

[四川省]

峨眉山月

临风把酒邀月
试问吴钩三尺雪
璇霄丹阙
起舞霓裳乐
歌不尽
泪盈襟
有风铃入梦
醉影禅音方醒
一秉虔诚
伴随梵唱声声
掬捧清辉
这绝径上的月光
——是谪仙人
　摘星时採下的诗文？
——是郭文豹
　泼墨中洒下的豪情？
——或是纯阳子
　遗留人世的化羽身影？
　……

遥摘金蟾
按剑扬眉独望
云海茫茫
起伏千年
思绪中时空轮转
光阴荏苒
回落在这中皇之山
看轩辕受道
览佛光万丈

或是追随放翁脚步
　与宝印问禅
在繁杂的世界里
为自己
寻找一份内心的宁静和皈依

然
俗世红尘不遂人愿
恩恩怨怨
爱恨情仇
穷沧海桑田
献祭一生孤独
无法将执念
放下
不知这是明月的错
还是我的错
或是
　追随你的影子
　错了？……
也许
没有谁对
也没有谁错
只是
——时间
　错了……
　……

2022年8月13日

【四川省】

作者注：

1.谪仙人，为李白，号太白，四川省绵阳江油市青莲镇人。吟诵峨眉山月的诗歌中，以李白的《峨眉山月歌》尤为经典。

2.郭文豹，郭沫若，本名郭开贞，字鼎堂，号尚武，四川省嘉定府乐山县观峨乡沙湾镇人。

3.纯阳子，为吕洞宾，名吕嵒，自称一山五口道人。相传吕洞宾到峨眉山，先隐居罗目猪肝洞，后又到大峨山龙门洞、千人洞等地隐修传道，并在大峨石上留下"大峨"二字。

4.放翁，为陆游。曾连作两首诗歌寄情于峨眉山月，分别为《舟中对月》《凌云醉归作》。

5.宝印禅师，俗姓李，名宝印，字恒寂，四川省峨眉山市人，世居峨眉，禅师生前与宋代大文豪陆游相交甚厚。

望乡
——寄凌云山大佛

看落叶渲染秋色，
林花晚风揭帘栊。
凉意浓，
几回重，
沧桑流年太匆匆；
天长漏永，
往事成空，
游子天涯极目断肠中。

回首来路，
小桥相送，
执灞柳，

[四川省]

各西东。
水国蒹葭向玲珑,
月寒山色洗华桐;
层霭几万重,
托寄故梓问归鸿……

举杯笙箫影朦胧,
疑是月宫,
看韶华易逝,
无处觅芳踪。
五十载南北,
八千里雪飘两鬓映青铜。
银烛透纱笼,
旷野岷江青衫动;
泪洒泉声涌,
纵马羁愁上玉骢。
憔悴颜容,
折羽鲲鹏……
……

2023年9月11日于寒山斋

作者注:
　　凌云山,位于四川省乐山市,屹立在岷江与大渡河、青衣江三江汇合处。凌云山高不过百余米,然而在临江绝壁上,雕有世界上最大的石佛巨像,人称凌云大佛,又称乐山大佛。

种上我的瓜和菜
——写给色达的红房子

生命,
有光同在。
泥土香气的节日,
有看不完的风景瑰迈。
风起时,
春暖花开,
正是生命传播起点,
生长的叶脉。
我想,
拔了这片小麦,

【四川省】

种上我的瓜和菜,
看看秋天,
有没有收成饱载?

有了生命,
还会寂寞孤独?
当色达的红房子,
遇见水蓝色星球上,
最后一片净土。
当信仰,
遇上神圣……
漫步在雪山草场,
溪流湖泊画卷中,
去寻找,
自己的天空;
岁月的童话,
七彩玲珑……
我觉得,
幸福是,
我在人群里,
总能一眼看到你!
爱你是,
心生念处,
即福田!
——想你,
　　念你。
　　我的爱人,
　　我的家园!

在你深情的目光,
注视下,
用一杯咖啡的时间,
鉴定了,
我们会是很好的旅伴。

在高反窒息场域，
苦苦追问寻觅，
心中的圣地！
在放弃和坚持的边缘犹豫，
总是被，
悄然出现的阳光牵记！
你走，
或留。
与心情无关！
只取决于，
天公是否作美？
——风和日丽，
  万里鹏翼。
……
……

2023年6月10日于甘孜州色达

作者注：

　　色达的红房子，代指五明佛学院。1880年，德绛多吉修建一处藏传佛教宁玛派的"日追"（修行处）。该学院坐落在色达县境县城东南方约20公里处，被重重群山环抱。这里以佛学院的大经堂为核心，数以千计的小木屋密密麻麻如同蚁巢般布满山坡，为数众多的绛红色小木屋，延绵起伏，蔚为壮观。整片佛学院面积很大，小路很多，你可以随意游览。在转经塔西南方向满是经幡的山坡上可以俯视整片佛学院，这里可以拍摄出佛学院的全貌。

西南锁钥，山地公园

【贵州省】

萨玛的斗牛，
踩着侗家人筚路蓝缕的脚印，
勾勒原生乡情的风貌。

花笑
——贵州榕江"花式"看"村超"

  七月的贵州是度假的胜地,更是球迷的天堂!贵州省黔东南州榕江县霸屏全网的"村超"赛事依旧进行得如火如荼,全国各地的足球爱好者欢聚在此,共同见证这场只属于"足球热爱者"的体育盛宴。
  是为引。

2023年7月9日于贵州榕江

花笑,
等你来嗅;
人醉,
昨夜美酒。
今天榕江的阳光正好,
透过大榕树的叶洞,
掉落都柳江,
伴随着鼓楼的歌声,
流走多少岁月光阴?
萨玛的斗牛,
踩着侗家人筚路蓝缕的脚印,
勾勒原生乡情的风貌。
微风不燥,
不负时光。

如果有天,
你厌倦了都市喧哗穷昼,
那就来黔桂古州,
看看这里的三江渔火,
星月孤舟。

[贵州省]

也许,
诗和远方代价不菲,
但哪有青春昂贵?
只要做到问心无愧,
就在侗族琵琶歌里沉醉;
沉醉月亮山苍翠,
幸福着摆贝苗寨高山流水;
读独石回澜,
波上寒烟霜华坠。

想你,
有光在前方,
那千万次呼唤,
在村超足球场上引燃。
行动,
是向心力最大的展现。
在三十六洞七十二寨路上,
连空气都透着历史的厚重,
饱经风霜,
诉说着沉沦与沧桑……
如果自由有形状,
那大概就是绿茵场上的模样,
我抱着渴望转圈,
也许沉默是新生的今晚。
是非无以伴,
风月不相关;
在旷野中丈量脚步向往。

洞天地,
达内观,
用心感受血脉里面,
这原始冲动热情舞动体验;
催生步伐奔向胜利彼岸,
精神的乌托邦,

是不死的火鸟,
一次次让理想信念,
涅槃重生,
劈波斩浪,
驱使着无数次日日夜夜,
青云直上。
那风雨兼程泪水飞溅,
唯有信仰,
在前方。
我知道,
夜里的光,
越暗越耀眼,
或许是为了救赎,
欲盖弥彰……

任凭风浪起,
独钓月满楼;
倚澜坐看赤壁横江,
惊鸿小荒洲。
这天,
你如果再次见到我,

[贵州省]

我变黑了,
请不要惊讶,
在这样热情高温下,
中国足球的希望灼烧着我,
我相信,
再多的防晒霜也无济于事。
——真的没有白来榕江,
永远要坚信,
美好的事情即将发生。
有时,
信到极致,
就是奇迹!……
……

作者注:

都柳江是黔桂之间的水运通道,与寨蒿河、融江三江汇流。古称"古州",即现在榕江县区域。清代《古州厅志》中曾把都柳江风光概括为"古州八景"即:五榕翠色、三江渔火、古洞石书、赤壁横江、星月孤舟、石笔书云、明星夜观、独石回澜。

古州的河埠
——写给榕江大河口码头

一条河
流淌着千万年的渔舟
川流不息
星火点燃横江乡愁
弥漫昨夜残酒
问石笔书云几时休？
在三江水运的信息里
晨雾烟霏丝柳
把萨玛母题存进记忆
金堤如绣
别来五榕几经秋
独石回澜旧曾游
泪沾襟袖

【贵州省】

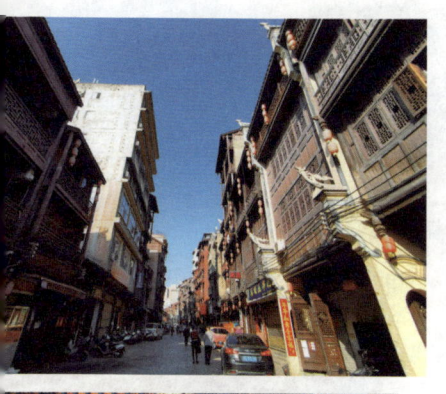

我沿着河道
翻阅历史
读自然浑成意境情趣
花落处
长亭暮
月出寒鸦鸣还聚
流传着
一则则唯美故事
品味古洞石书
凭栏遥望
见雁行南去
野旷天低
一声横笛
浸润了苍茫大地
数轻霭低笼芳树
共仰明星夜观万古诗

烟雨中漫步
一个风姿绰约女子
迈着优雅步履
在慵懒的时光里
不期而遇
被长廊和青石刻写
灵魂深处掀起
滔天巨浪孤烟细
都柳江的帆影
浅照金碧
似一幅灵动的丹青
勾勒羌管悠悠霜满地
按新词
相思意
聚散难期
尘事常多的情节
一个个串起潇潇雨滴

141

行吟中国·凌寒诗文精选

从清晨开始
那原汁原味的风貌托举
羞涩云霞无端起
黄昏长堤
这古色古香码头
漫溢美妙时光旋律
石桥牌楼古宅
燃起篝火歌席
在鼓楼团聚
踏着多耶的舞步
定格过往舟车旅迹

潋滟岁月
凭谁与寄
阳光吹洒树影婆娑小道
葭苇萧萧风沂沂
正是早春天气
翘首以待的浪漫
忍把浮名牵系
在深邃的历史文化中沉醉
相怜相惜
筷娇罗绮……
……

2024年3月16日于贵州村超

[贵州省]

花开三月
——贺贵州村超开幕

三月如歌,
万物齐益。
一朵花,
装扮不出春天;
可挥汗如雨的激情,
已在村超赛场点燃;
唤醒,
生机无限。
足球的生命,
信仰,
势必燎原。
希望之灯,

有如暗夜星汉，
引你走向黎明曙光⋯⋯

最美的风景永远在路上，
去看看，
也无妨。
人，
在城里转圈；
心，
却跟着感觉流浪。
来吧，
在山城榕江！
没有刻意的放逐，
兴致高炫，
双眼一直开满鲜花，
灿烂⋯⋯

胸养浩然正气，
气逾满霄汉。
也许有天，
在狭小的时间，
生命原点；
思想，
给爱赋予历史，
无限空天⋯⋯
岁月，
把你我的距离拉长，
成了遥远⋯⋯
脚步不由自主，
踏上这仙境人间，
有如轻柔苍灵，
催发四季莹露深深浅浅，
梦幻⋯⋯

【贵州省】

对足球的梦想，
眷恋。
——
这就是你的归宿！
一个圆，
一个符号，
一个图腾与荣光！
日落归西山，
不必为此遗憾。
明天的朝阳，
必是我煌煌少年！
让无处安放的青春，
在绿茵赛场绽放，
光芒……
……

2024年3月17日于榕江大河口码头

感谢这低调的奢华
——甲辰春分榕江随想

我踏青而来
柳条如兰
让冰冻的小河追随徘徊
感谢这
低调的奢华
在三月春暖花开
这是外婆
对山丘思念的固态
也是母亲
对女儿出嫁
含泪亲吻红腮
感恩拥有
珍惜当下
趁韶华尚在
独上高楼旧亭台

每一场
春雨都滋润嫩芽
每一缕
阳光都照耀秧苗红隘

[贵州省]

这被吹醒的浅黛
含蓄隽永
品味岁月长短宽窄
有如
飞云过霭
在晌午时光
把字体分寄寒斋
读峰塔高尘世外
邂逅蝶影
感慨
人生中的每一片花海……

横看人来人往
家乡何在?

一曲相思笔浓

欲话离怀

小桥木鼓侗家溪

不要等待

一起醉梦榕江苗寨

笙歌外

燕归来

潺潺流水纤手摘

顾怜云起雾舒

雅羡林泉胜概

把浮躁弃置一边

翻阅明月天籁

让心灵安放

这高山流水的原始生态

客居耄耋归途

一梦檐冰雨苔

往事难猜

迷糊敲响夕照庭槐

踮起脚尖张望

门扉已败

故人不待

假装你不在家

仰望悲空向蓬莱

山一带

水一派

花为年年春易改

风过人间

残墙草瓦

惟有酒千杯

松鹤苍岭共华盖

梨花初绽白……

2024年3月20日

[贵州省]

风起时……
——写于黄果树瀑布

风起时
倘若你不来
我将跟随树去流浪
山不见我
雪花带着我的泪
在你心之上
再添繁华

听了风的话
斜阳爬了我想爬的山
因为恐高
雨流成了河
长空栈道
总归要留点遗憾
没有鹞子翻身
风说
云会给你答案
走过险峻高山深渊
有虹霞悬挂川前
流银飞瀑
玄武岩在跳舞
那是风
若干年前的样子

我不知
我是谁？
也许——
我

就是风

风的舞姿……

……

……

2023年5月13日于黄果树瀑布

作者注：

  黄果树瀑布，即贵州黄果树大瀑布，属珠江水系西江干流。古称白水河瀑布，亦名"黄葛墅"瀑布或"黄葛树"瀑布，贵州民间自古以来就流传有黄果树瀑布的神话故事，黄果树瀑布的名称就来自这个神话故事中结"黄果"的树。出名始于明代旅行家徐霞客，经过历代名人的游历、传播，成为知名景点。

  黄果树瀑布是世界著名大瀑布之一，以水势浩大著称。瀑布高度为77.8米，其中主瀑高67米；瀑布宽101米，其中主瀑顶宽83.3米。黄果树瀑布属喀斯特地貌中的侵蚀裂点型瀑布。

彩云之南，世界花园

【云南省】

玉宇银蟾，
霜华满堂，
边秋归鸿何处是故乡？

珺璟光芒
——拜谒中国远征军松山抗战遗址暨第十个"烈士纪念日"

华夏国殇,配享太庙万世香火!
中华英烈,应受明堂千秋仰拜!
——人民英雄永垂不朽!
是为引。

2023年9月29日晚(癸卯中秋)写于云南保山

千里迢迢,
来见你一面。
花期已过,
只有门前老树独守空房。
残荷上的心事,
告诉昨天的梦想,
你已不在,
空余彪炳松香氤氲飘散。
栅栏旁边,
枯藤上,
聒噪的寒蝉,
还在喋喋不休呢喃,
羡慕嫉妒恬静的睡莲,

[云南省]

君子如珩,
珺璟光芒,
保持着优雅端庄,
穆穆皇皇,
济济翔翔……

萧素清商,
吹皱一池云锦横塘;
朱扉暗掩,
柴房竹炉影半爿。
独立斜阳,
天地流殇水茫茫,
难诉我心哀伤。
莲舟荡,
惊起望,
歌弄韶华梦里笙箫远,
往事不堪成惆怅!
紫丝障,
泪成行,
东阁薄澜雪如霜,
弯环愁眉关山雁字长。

独行客默然,
脚步无端问垂杨,
花溪水调谁家唱?
未曾谋面,
道尽辛酸!
恨路边车马飞溅,

无视枝头,
坚持孤芳;
碾压雨檐坑洼闹嚷嚷,
说与傍人陇头路漫漫……
仿佛间,
你逆光而来,
轻按琵琶语娇声颤,
几回欲言,
暂停牙板。
把盏清酒人意共怜花月满。
——问边塞戍邑应闲?
铁马啸西风,
金戈扫狼烟;
将士许国,
血染疆场。
三军剑指强虏星旗动,
引弓弦,
射天狼;
寄瑞光万丈莫负广寒,
玉宇银蟾,
霜华满堂,
边秋归鸿何处是故乡?
……
……

作者注：

　　松山战役又称松山会战、松山之战,是抗日战争滇西缅北战役中重要组成部分。中国远征军于1944年6月4日进攻位于南云保山市龙陵县腊勐乡的松山,历时95天,本次战役胜利将战线外推,打破滇西战役僵局。同时,拉开了中国对日抗战大反攻序幕。

[云南省]

时光的守望
——写于玉龙雪山

谁在大漠,
吹起洞箫?
白月光的梦想。
看繁华落尽,
陌上蝉缄言。
水墨丹青千里,
天涯何处,
客舍曲林晚。

月下弄影,
梦里华年。
在篱笆墙的拐角,
我想和你,
一起做一场雪白的梦。
冰川,
是白色忧郁;
掬捧一冬,
陈列西窗下的哀愁。
雪山,
是白色爱情;
咫尺相思,
可望不可即的流光。
流云,
是白色脚步;
看河谷被梨花铺满,
如梦如幻。

折一段时光,

写红尘悲欢。
拈一缕秋香,
执手风雨夜阑珊。
问流年,
清浅。
若爱恋,
不变。
点心灯,
守望……
你嫣然一笑,
回眸之间,
无声无息,
无语亦无言。
……

2012年9月13日

作者注:

　　玉龙雪山,为云南省丽江市境内雪山群,在纳西语中被称为"欧鲁",意为"天山"。其十三座雪峰连绵不绝,宛若一条"巨龙"腾越飞舞,故称为"玉龙"。是纳西人的神山,传说纳西族保护神"三朵"的化身,也是人们忠贞爱情的象征,"时光的守护者"。

雪域高原,诗和远方

【西藏自治区】

总有一天,
你会以任何理由来到西藏,
亲吻阳光,拜谒自然。

梦回拉萨

应援藏博士团之邀,以《梦回拉萨》为题撰文。今闲来无事,且试之,贻笑大方。

是为引。

2022年10月29日 于佛山

在无月的夜
海浪拍打着我的背
看星空清澈
海风抚摸着我的额
告诉我纳木措
低唱浅酌
盼归

【西藏自治区】

浮生静好
有寒来暑往
轮回……
历史的天空
岁月
只是无奈的旁观者
脚步匆匆
笑看风起云涌
尘埃

不想奴役
更不想被奴役
现实无言
叩谢上苍的恩赐
认真生活的人们
却总拥有月亮
月亮做的渔网
洒出希望
捕捞着敬畏与自然
即使身处坷坎
依旧感恩
闪亮的星光

在黑颈鹤起舞的地方
迎宾石刚硬张扬
却又不失阴柔妙曼
这是两朵花的秋日私语
枝头沁出馨香
那海岸
　　刻划曲线
有"二王"开阖的流畅
似乎集百家遗风之所长
让人心生景仰
驻足欣赏

天门圣象

蹉跎了尘烟华年

而又不拒人于千里天边

秋

是理智的金黄

在雾后的阳光

梦里

与海鸥一起飞翔

有雪山与经幡

回到拉萨

在布达拉宫广场

风在耳旁

　盘旋

　　浅唱

我用记忆珍藏

生命纯美的画卷

　与留恋……

　　……

作者注：

　　"二王"，是指王羲之、王献之的合称，后人将东晋大书法家王羲之和王献之父子，并称为"二王"。

[西藏自治区]

凌云客歌·醉今宵
(三阕)

一

九霄风雷龙泉傲,
浩荡乾坤虎吟啸。
仗剑江湖丹心碧,
凌云揽月任逍遥。

二

烟雨江山浪淘笑,
四海升平饮琼瑶。
锦瑟窃窃温细语,
烛影摇红醉今宵。

三

扁舟一叶空杳淼,
诗酒琴棋素弦调。
醉里幽梦敬浮沉,
自在天地乐为钓。

2022年5月26日

喜欢,是手中一杯清茶
——品悟鲁朗凌云客的茶禅

我喜欢在所有
美好的细节上
自然地流露
文字
或者思想
没有章法也就不加矫饰

倾听
风铃的歌唱
在暗夜的暮色
如昙花绽放
……

在铺满绿草的林荫下
散步
和自己喜欢的人
一同感悟人生的真谛
让多情的秋风轻叩
你那长发飘洒的
西窗……
感性的思维深处
是平静和安详
恬淡与隽永
是手中一杯清茶
没有丝毫刻意的
粉饰与雕琢……

宿命的冬日

[西藏自治区]

昏黄写满远山的悲冽
岁月的洗刷中
我风采依然
不理会太多的纷扰
这样的人生和内心里的感觉
还是手中这杯清茶
　　袅袅
　　　淡淡
　　清清
　　　楚楚
　　……
　　　……

桃夭·惜红颜
——致林芝鲁朗凌云客三月的春光

岁月蚀秋冬萧残
竖琵琶数根呢喃
风忧伤,雨千行
落红惆怅
泪断,弦乱

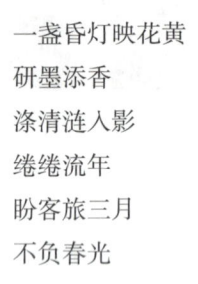

一盏昏灯映花黄
研墨添香
涤清涟人影
绻绻流年
盼客旅三月
不负春光

背金鼓掠阵云响
泼黛绿紫萝江南
蓁莽旺,胭脂染
守候花畔
嫣燃,绽放

一卷情书蓁首望
空谷幽篁
感韶华易逝
桃夭灼灼
惜红颜薄凉
莫负春光

2020年2月26日

【西藏自治区】

心宿
——有一条路一个地方一个客栈

有一条路

有一条路
叫国道318
这是通往
香巴拉朝圣的天险
既是险境
更是美景
追寻
心中未知的向往
在这无穷无尽
　大壑高山
没有诗
只有远方
现实的世界
　眼睛在天堂
　身体在地狱

精神吹不动经幡
祈愿
　风马
　带不走死亡
咆哮帕隆在哭泣
　或是吟唱
唐蕃故道马帮
　神秘沧桑
也许，还有
这亿万年

165

绝壁悬崖风蚀水溅
连空气中都在弥漫
　岁月尘埃
　风起云涌
　夕阳……

只有过往
过往的人们
在心中吟唱：
天河金刚
般若非绝境，
林海朵帮
通达皆紫烟！
……

有一个地方

有一个地方
叫鲁朗
这是镶嵌
镶嵌灵魂归宿的宝藏
升起炊烟
眼里的雪山
在水中自由游弋荡漾
扎塘鲁措倒映单纯曲线
　或是沙鸥回旋
　情趣嫣然
　圣洁宁静
　色彩难言……

避开锅庄与扎年
漫溯……
漫溯在这林间草甸

[西藏自治区]

与白云相伴
多情的虹
也过来凑个热闹
没有喧嚷
有如当初你来
用眼睛搜寻温暖的光
或用心灵
　感受安静的力量
虽是匆匆
记忆里的行思坐想
少了世态炎凉
有宿命一隅
　信马由缰

没有执锐
平淡的理想
仿如昨日亭前
　雨下
情人的眸眼
有山风
　吹过……
耳畔
工布弦琴弹响：
纯粹素朴
风华何处寻？
清凉世界
藏地独风骚。

有一个客栈

有一个客栈
叫凌云客酒店
这是宿命

赋予内心歇脚的家园
漫无目的
只因缘
缘起时你来
缘灭时又何必留恋
没有心的呼唤
只有相得甚欢
　　得鱼忘筌
　　或是天遂人愿

归宿
在内心疲惫跋山涉川
给予心灵恬静
　　也为这一路风霜
　　一个拥抱吻安
把皓月曲蜷
在伤口
　　舔舔
借这无边的思念
捧一束心香
与昨天擦肩……

跟蓝天
　　摘一片绿叶
把心情翻晒还原
　　分享
感悟漂泊凄苦
寄送流水落花遥远
折叠
　　孤独彼岸
不需要
　　轰轰烈烈的大功毕成
目睹幸福满足于平淡
抚一丝古筝

[西藏自治区]

在雨声
客读心灵相通
厚厚的心绪
离别那日
夕阳残照嫣红

铺开
这告别信笺
你心里
是否还惦念：
诗风墨香
佛光无觅处？
雪域云巅
梵境有奇店。
有？
或无！
……
……

2022年10月25日

作者注：

　　心宿，也叫明堂，中国神话中的二十八宿之一，为天王的布政之宫。源于中国人民对远古的星辰自然崇拜，是古代中国神话和天文学结合的产物。

169

桃花缘·那一抹红颜
——用花开的时间在鲁朗凌云客等你

流云轻唱
笙箫痛了谁?
一曲落红
若尘幽梦又叹谁?
年年花开花又落
不见当年花满天
是谁辜负了光阴?
又是谁辜负了春光?
还是这眼前的一抹桃红?
……

缘着三月的花径
轻触时光
一些念
流光飞逝
月色在指尖横陈
婉约的心事
不经意一声叹息
敲疼伤口
回落在花开的记忆……

在花开的季节
米拉山口的风马
在千回百转的云幔中
招摇
不是呼唤
而是等待
等你的到来

【西藏自治区】

不为别的
只为这一朵花开的时间
让我
在那雪山之巅
在那尼洋河畔
用一朵花开的时间
遇见你……

南迦巴瓦长戟凛凛
挑破这苍穹莽莽
时光刹那
成就了花开妙曼
遍野……
苯日神山法螺阵阵
吹响雅鲁藏布踏浪而歌的吟颂
为众生传唱
信仰……
连矜持的虹
和那桃林掩映下的回眸
也披满霓彩霞光
用一朵花开的时间
等你
等你那一抹红颜
……

2019年2月26日

峭春风·桃夭
——写给林芝三月的春光

三月春梢寒
雪里桃夭
一季一满帘
粉墨染尼洋
片片花舞
一步一生莲

妩媚冰绢
妖冶芳华
谁在阡陌间？
擦肩！……
一缕暗香
琴声婉转
叹逝去朱颜？
泪涟！……

古道千年
风中烟花扇
踮起脚尖
张望
问君记否？
邂逅过往
尘寰茫茫
苦盼

莫相忘
不敢忘
前梦不堪流连

[西藏自治区]

陌上花开遨赏
不思量
自难忘
纤指弹花落满天
你拈花一笑
从前
……
……

2021年2月21日写于鲁朗凌云客酒店

醉卧桃花
——辛丑春分于鲁朗凌云客

举一杯桃花
邀雪
错把残泪当酒
饮下
却笑春风不解风情
风沙入眼
徒增神伤

一襟烟雨
半世流离
怎奈风尘掩了芳华
纱窗白
梦徘徊
松露阅诗台

一袭寒色
清酒素缘裁
馥蕾云衣香润黛
怕随花信落尘埃
红唇润笔
暖玉入怀
不敌摇烛红腮
低烫
鬓钗……
……

2021年3月20日

来自鲁朗凌云客酒店的呼唤

这是来自
远古的呼唤
云朵为你
献上洁白的哈达
雪山为你
送上吉祥的祝福

这大地的丰馈哦
写满内心的富足
圆满与自在
雅鲁藏布期待着与你一会
续写那宿命的情缘

这是千百年来的
呼唤

林海声声

诉说着鲁朗扎年

情人的思恋

唐蕃故道

升起风马

把满怀的情感

化成雅伊湖

祈愿的泪光

掬捧入怀

日夜为你挂牵

这是来自新时代的呼唤

南迦巴瓦金戈在手

那帕隆的阵阵战鼓哦

擂响世纪强音

诚邀弄潮儿共赴这盛世传奇

色季拉漫遍的杜鹃花

温情祈盼

那束来自长发西窗的目光

桃花源火热而多情姑娘

异样且醉人的腮红

期待着你的撷取……

2018年3月21日

[西藏自治区]

我在鲁朗凌云客等着你

当七月
拥抱第一缕阳光的时候
凌云客里净水焚香
梵音低蔓
皓月星光萤虫
生如夏花
心绪如飞

恍然记起
那些写给六月的文字
还来不及整理
正如孩儿时甜梦里散落的
笑靥
或是手中的这杯清茶
短暂
又如此之隽永
弥香……

花开
已是花谢
还不曾温暖自己
思绪
像鲁朗多情的扎年
有如爬山虎的藤
等不到花香四溢
身影已被地平线越拉越长
成了朝圣路上
无声的
叩拜
……

岁月
或因忙碌
交集无期
但你我知道
色季拉的风马猎猎
在时光的轮回中
呼唤

呼唤
昔日的青葱
呼唤
青涩的呢喃
还有那不被涉及的
泪水
幻化成风
荡漾成措木及日
潋潋波光……

2018年6月29日

[西藏自治区]

相约鲁朗凌云客

风暖了
青稞熟了
树梢上的鸟窝
诞下了两只画眉
凌云客里的酥油茶更加香醇了
我等你的到来
……

从花海出发
走向崎岖
生命的舟
划过
岁月的河
化作飞天
漫舞天际

雨
是相聚的热泪
在拥抱时洒下
纷纷扬扬
成了摆在面前的美酒
未饮先醉

不为来生缘
只为今世愿
转山转水转佛塔
前世无数次的颂唱
是今天相逢的背书
是宿命的安排

迎风
走在人生栈道
挥洒青春
执子之手
与子偕老
跟沧桑问好
向岁月请安
生死相依
共看夕阳
……

2018年8月26日

箜篌引·悲秋
——写给鲁朗凌云客酒店的第一场雪

夜寒更漏衣巾染，
意阑珊，
秋雨入帘。
泪满襟，
顾影独怆然，
游烛摇红叹薄凉。
似水红颜，
逝去也！
落花纷飞霜满天。
谁辜负？
风中舞。

胸有层楼梦零绝，

空余恨，
翰墨难却。
箜篌引，
憾筝瑟弦阙，
黄沙古渡琴声灭。
昔往建谪，
风尘掠！
故园不再王侯谒。
谁曾悯？
箫剑咽。

2019年12月5日

掬 · 暗香
——写给鲁朗凌云客的蜡梅

一缕冷香
掬一轮水月雪浅
婉转千年
奏一曲红尘绝响
听弦断
三千缱绻墨染
粉黛苍
十万浮华坠湮

一盏茶香
掬一泓流水清涟
细语涓涓
诉一世轮回凤缘
天涯远
朦胧凉酒蔓延
梅花残
荏苒岁月过往

青灯茫
梦回间
踏雪寻梅梦一场　　孤单梦忆此生禅
背影渐远　　　　　玉锁珠帘
谁家庭院？　　　　不相识
……　　　　　　　又何妨？
　　　　　　　　　……

最思量
泪自尝
对月啸歌清幽憾

2019年1月6日

秋天的情话
——写给鲁朗凌云客的暖阳

秋天
落叶一片
丈量着天空的高远
在季节轮回中
任花开花落
云舒云卷
举杯归路
风有余香

秋天
一杯茗香
滋润着你我的情缘
让我牵你的手
看晖染红靥
秋雨几许
愁绪忘川
飘摇流年

秋天
泪眼一汪
深拥着大地的厚瀚
烈酒倾情醉觞
凄草倚孤荒
雪舞寒山
天生韵味
风流裙衫

夜来箫声忧伤

梦里何方
低诉呢喃
眉弯如丝醉红颜
云水清然
凝眸归宿如夏
皓月婵娟
一抹眷恋缠绵
一城紫色满天
划过流光
零落希冀涓涓
欢喜片段
惊醒守望
……
这
就是
秋天的情话
……
……

2021年8月3日

[西藏自治区]

心若相向
——写给鲁朗凌云客的秋天

懒阳挥洒
秋意
爽爽恋着酷夏
不愿撒手
是季节的无奈
无端令这意境
徘徊

捧
一把黄土
低头
闻闻这秋收的芳香
是汗酸酿出的美酒
才飘得久远
久远
……

古老的晨钟
已雁过留声似的沉默
多年
再不是此情此景
荒芜一片
青青高山
留不住弯曲的身影
让寂静
日以继夜

沙海无声

耸立的风车转着
流年
是倾诉的心雨
追着点点的回忆
与风共唱

心若相向
明月千里寄相思
道路尽处
是挥手的背影

让
枫叶一片
似心
与君聚……

盼
春来秋去
人长久
与君醉……

2018年8月31日

[西藏自治区]

夏至清涟
——写给鲁朗凌云客的雨后

　　鲁朗朵绒措的莲花开了,静寂的幽谷,有着盎然之生机;今日夏至虽是清冷,且又是日食,但雨后的彩虹足以点燃内心之热烈。随笔写下!
　　是为引。

2020年6月21日

云起　风卷　雷惊
水袖伴夏至
潮湿且不安靖的季节
酸涩着这漫长的寂寥
寂寥　不仅仅是这雨丝
还有那现实迷茫
伴随着扎塘鲁措的风岚
徘徊
怯弱凄清
独自神伤
……

花海牧场
雨后虹桥
缠绵时光的葱茏
轻弹浅唱黯了流年
折映云烟
明灭不定的悲欢离合
化作一帘墨痕
飘摇
……

沏一壶清泠
看光阴起伏
在叶片中轮回
是新生希望？
或是茗香诗行？！
徜徉着浮光掠影
多份宁静
多份悠闲
……

若遇莲
即是缘
朵绒措的清莲
开了
绽放
是冰湖遇见尘寰
赠一程山水
泼一幕风景
……

走在湖边
与影并肩
遇见过去的自己
赴一场不经意的约定
不需等花谢
无需听天籁
看世俗众生
尘埃
······

2020年6月22日

【西藏自治区】

思念
——写给鲁朗凌云客的暖阳

十月
在这一叶知秋的时节
季候风拉长了思念的长袖
金秋的丰硕
初冬的悲冽
那情人多情的泪水
凝霜
成了洁白清纯的哈达
挂满了路边的祈愿树
那思恋幻化成风
铺满迦拉白垒
圣洁的白雪
皑皑
……

南迦巴瓦
思念那余晖的夕照
扎塘鲁措
思念那波光的潋滟
花海牧场
思念梅朵多彩的芬芳
而我
却独独
思恋凌云客里冬日的暖阳
还有那
来自西窗
你异样的目光
……

人在异乡
心已归途
就让我与你归去吧
……
回归
阿妈眼泪的
湿热
温暖了酥油茶的
香醇

回归
阿达额头的皱纹
银碗里的青稞酒
燃烧成帐篷里龙炉的
火热
回归
昨日的你我
凌云客冬日暖阳下
这一刻
彼此拥抱的
宁静
……

2018年10月1日

[西藏自治区]

秋天的童话
——写给2023年鲁朗的第一场雪

雪飘，
复又晴。
闭上眼睛，
静静，
倾听雪化的声音。
垂虹千顷，
极目重岚暝，
浓墨重彩泼染古道长汀。
点丹青，
暮江吟，
斜阳清莹，
投映你秋水温柔身影。
扎塘鲁措波光粼粼，
朝晖夕阴，

幻化精灵,
飘散着乍寒雾锁氤氲……

坐在晚秋鲁朗的层林,
看山河明秀多情。
掬捧红叶,
缱绻似心,
萧然草树落霞飘零;
照见尘缘,
洒满梦境,
跟晚风,
寄远成行……
感怀时光苍冥,
哪堪酒醒?
聆听,
茶卷茶舒茶香凝,
有浓郁冰凉寂寞平静。
品悟生命,
云外,
禅心。

挑灯花庭,

[西藏自治区]

细步闲寻翠逕；
珠帘半卷旧时亭，
绿苔楼阁无言娉婷。
未掩香屏，
梧桐琴台香长明；
素贴书名，
酥手轻盈，
读一本秋天的童话，
细阅夜色神韵。
作新令，
霜华映，
诗画遣谁听？
毫端写兴，
玉研生冰，
依稀照蓬瀛。
晓月，
亭亭……
……

2023年10月13日于凌云客酒店

行吟中国——凌寒诗文精选

天上人间
——写给鲁朗凌云客的月光

烟雨凭栏
听荷漪香
笑看红尘南归雁
倦了水墨青衫
描眉处
君犹在
夜来试新妆
天上人间

欺霜傲雪
关山难越
浪迹天涯孤望月
髯鬓一骑啸歇
离多久
卿安在
残梦惊寤觉
广陵散绝

倾我一世痴情
韶华泪烛滴尽
一朝白头美人阙惊
朱颜辞镜
月下瘦
锦书无凭
相思成弦音悠悠
三杯浊酒
四海为家
谁伴我春秋
又是谁伴我诗愁
魂归旧廊楼
……
……

2022年6月14日

【西藏自治区】

天上鲁朗
（歌曲）

主歌一

有一个信念
是和平安康
有一种攻坚
是日月新篇
这个地方
那就是天上鲁朗
幸福的人间

过渡一

远方的客人呀
羞涩的南迦巴瓦
盛装待嫁
一抹醉人的红瑕
泼染成唐风宋韵的高雅
等待前世情人来揭起面纱

副歌一

漫步牧场的花海
踏着扎年的节拍
篝火燃起来
锅庄跳起来
漫步牧场的花海
踏着扎年的节拍
篝火燃起来
锅庄跳起来
祖国山河添异彩
幸福的歌声传天外

主歌二

有一个梦想
是诗和远方
有一个地方
是雪域江南
这个地方
那就是天上鲁朗
人间的天堂

过渡二

远方的客人呀
吉祥的色季拉
深情採下
一朵美丽的虹霓
为你献上这圣洁的哈
请你喝下这香浓的酥油茶

副歌二

漫步牧场的花海
踏着扎年的节拍
篝火燃起来
锅庄跳起来
漫步牧场的花海
踏着扎年的节拍
篝火燃起来
锅庄跳起来
祖国山河添异彩
幸福的歌声传天外
祖国山河添异彩
幸福的歌声传天外
……

2021年3月23日

[西藏自治区]

秘境墨脱

莲花绽放,
有梵音螺号入耳低唱。
遗世而独立,
风彩鸾章;
圣洁且宁静,
自在无染。
月亮,
用皎洁目光,
抚摸大地脸庞。
没有风雪,
夜晚,
天地间,
柔情似水,
气象万千……

生命如风如幻。
水一般流过;
梦一样流淌。
朦胧短暂。
恰如花开,
在博隅白马岗静静等待,
等你的到来,
将我撷採。
有如仁青崩,
赤斑羚九色鹿徜徉着雨滴云彩,
或是花骸。
在多吉帕姆眼里,
生长。
幻化成,

洁白的飞莲。
闻音起舞,
角羽宫商……

有人说,
敦煌无处不飞天;
而那飘飘彩带呀,
是墨脱借来的云雾,
妙曼婀娜,
光彩夺目;
那襟绸,
是卓玛拉倒悬的瀑布,
典雅庄重,
雍容大度;
那臂环,
是果果塘的晨曦玉露,
凤鸣麟出,
冰肌雪肤。
现实与想象并存,
人类与神明共舞。
这也许是坛城,
——极乐净土。
更是观察内在的心,
外在的身;
烦恼止息,
语出莲花的圣地。
芬陀利,
我将与你相见。
诸相圆满,
心生欢喜;
清静庄严,
光明炽然。

2022年11月15日于林芝

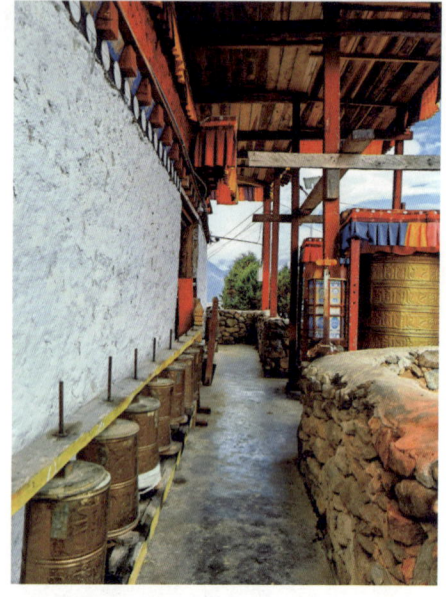

作者注:

1. 博隅白马岗, 即墨脱。

2. 仁青崩, 即仁青崩寺, 又称为莲花圣地, 是墨脱最早最大的寺庙。相传, 仁青崩寺是多吉帕姆女神化身中心"肚脐"的所在地, 也是莲花圣地的中心地, 是众多佛教信徒向往的圣地。

3. 多吉帕姆, 她是一位女性神祇, 在藏传佛教多派中为女性本尊之首。

4. 卓玛拉, 为墨脱的神山。

5. 芬陀利, 梵语是白莲的意思。

[西藏自治区]

灵魂的注脚
——果果塘大拐弯的召唤

  果果塘，是墨脱人民精神的象征。她，代表着墨脱人吃苦耐劳的革命浪漫主义精神，也彰显着墨脱广大党员干部过硬的作风和优良传统；更是新时代援藏进藏干部的理想信念和无私奉献精神！
  近日，恰逢派墨公路通车，谨以此诗致贺，而歌以颂！
  是为引。

2022年10月5日

有？！
没！？……
雪崩　塌方　沼泽
世代横亘着的天堑
一天多变
这天上的云彩
这下不完的热带雨林
从无到有
从有到无
云雾缭绕聚散两依依

雪的故乡
喜马拉雅赋予你生命
南迦巴瓦的哺育
为雅鲁藏布找个灵魂的注脚
在精神层面获得释放
没有英雄主义
只是对宿命
或是自然
或是时间的纵情呼喊
万马奔腾一泻千里的豪情

在果果塘回顾
　　来时路
　　来时的过往……
跟过去作别
　　转身
向着未来进发
不为这眼前的是非曲直
只为远方的召唤
果果塘，你把而今迈步从头越的气势
书写得荡气回肠
　　大气磅礴

绿色长龙盘踞苍翠
龙脊托起龟背
篆刻着华夏地图
上面有唐宋的月光
汉府的茶树
还有那马帮的驼铃……
苦难和坚韧
是你的精神内核
勇敢和流浪
是现实琐细和日常挫折的浪漫
远方与自由
是你永恒的情感追求
岁月正好
生命正好
背上行囊迎着朝阳出发
一切刚好
正是启程时刻
——再见果果塘！
　　再见墨脱！
　　再见墨脱莲花！
　　……
　　……

[西藏自治区]

察隅，察隅！

没有邀约
我向你奔来！
……
这宿世的情缘
沐浴目若的阳光
呼吸赤通拉的晨露
在塔巴放飞轮回灵魂
让脚步的精灵
参阅信仰之名
匍匐于神秘
感应天人
来吧，敞开心扉
用你温婉多情
　溶溶月光下
　歌舞伎町
接受我
轻轻地靠近

靠近你
内心的沉浸……

在桑昂曲宗
　　——察隅
我遇见隽永芬芳
在云端
春花与夏日辉映笑靥
秋水与冬雪缠绵
西藏
悱恻中画图峥嵘
典藏着德姆拉缱绻
另一面的柔软
顶礼合十

见人来人往
桑曲从目光流向心海
摇动经筒

在遇见中与你回眸
恰如心潮初升
海浪
退而又进
进了又退
当眼泪来时
仰望
也许悲伤
不会逆流成河

僜人抓饭的炊烟

刀耕火种　　　　　　　　云舒云卷
拷问着小秦婆罗门　　　　身侧
历史沉睡过往　　　　　　如黛苍山
有额头皱纹　　　　　　　在峰岚之巅
独自在黑夜　　　　　　　在江河之畔
　吟唱……　　　　　　 察隅儿女策马扬鞭
天亮了　　　　　　　　　舜日尧天
罗马村的桃花开了　　　　星辉下
烧一壶清泉　　　　　　　雪山丛林草原
沏一杯茗香　　　　　　　逐梦向前……
斜倚夕阳　　　　　　　　　……
光阴沉下又升起
有密林鸟鸣风扬
远处　　　　　　　　2022年11月13日于察隅

行吟中国　凌寒诗文精选

行吟察瓦龙

一

归途有风
我愿在此长眠
梅里炎热峡谷
有马帮回望
在古滇藏
茶马古道熙熙攘攘
交融藏汉
察瓦龙这座孤寂落寞的驿站
见证过往
站在历史天空
这方碑前
我虽读不懂藏文
但不禁心生感慨悲怆
悬崖峭壁之上
一个人的眼泪
流成一条河
冰冷刺骨的怒江
河水在咆哮
　彷徨……

二

掩卷沉思
笑看沧桑变幻
清晨的云雾
犹如一个人的心碎

【西藏自治区】

心碎在这隐隐群山间
弦子的舞姿
昨夜酒气初散
有锅庄的粗犷
也有时间的沉淀

星星也乏了
把太阳推到前面
勤劳的人们跳起萨满
祈愿
呼吸大雾沐浴后的自然
石神恩赐
谷物六畜兴旺
煨桑弥漫
篝火热情奔放
坚强的个性
就如这生生不息的仙人掌
　外面有刺
　内心柔软

三

在这个冬夜
我潜入察瓦龙的梦乡
神秘莫测气象万千
回望长安
官道上
来路
遮满了尘烟……

我不想
不想加以推演
汉藏文化的分界线

行吟中国·凌寒诗文精选

山有宗
　水有源
　　树有根
华夏民族的本源
血脉流淌

有一种源泉
渺小脆弱
触及人类起点
栈道上
行走的马帮
尖石
　流沙
　　塌方
残酷随时会出现
掐断
掐断这一束让生命照亮生活
卑微呼吸的火焰

[西藏自治区]

四

这里有一条河
——叫怒江
这里有一座山
——叫梅里雪山
这里有一群人
——他们自称是
　卡瓦格博的儿女
它们和他们
串联起察瓦龙的命脉
这是一条河一座山
与一个个民族骨肉相连
共同串起的生命礼赞

雪
慢慢下着
......
　　......

今天的雪
下着昨天的雨
昨天的雨
是明天的泪眼
明天的泪
还会流着今天的时光

没有羁绊
没有惊慌
请让我慢慢
慢慢地靠近……
打开历史尘封画卷
去寻找
寻找脉动的雪域江南
重读
山河苍茫

五

金色的太阳
照耀着半山腰上
银色的月亮
月
见草已长出
脚步虎视眈眈
紫菀
从不假手蒲公英
笑看花儿绽放
　喜悦宁静
静赏花零红残
　随缘自在
梦想
总有飞天
有颜色的思念
风
吹不动经幡
静阅夕阳

灼烧的马蹄
是怒江的思考和冀盼

[西藏自治区]

牧场
在我心里驰骋
凤凰涅槃
浴火重生
血管勾连着
　林带
　　河谷
　　　山峦
一代代，岁月
有青稞葱茏繁衍
夜静春山
爱是最终的归宿
快乐的家园
都——
篆刻在察瓦龙
自强不息的精神探访

2022年11月9日于察瓦龙

掩埋
——写于西藏阿里古格王朝遗址

一

历史沉缶
青铜的戈
赤裸
土林黄脊
无你无我无他
更无青藏
只余贫瘠深思
无来无去

二

羊同象雄
狮泉河
卵生莲花
孕育辛饶魔本
在古丝绸的十字路口
绽放
无污无染
无垢无灭
诸法空性
雍仲恰幸

三

时光

【西藏自治区】

崛起也是衰落
曾经的辉煌
掩埋在这夕照风沙
呜咽
任谁凭吊？
那古格城垣下的死亡
声声悲凉
是刽子手人为的血腥？
还是岁月沉沦的虐杀？
也许
是造物主故意的安排！
无？有！
虚，空！
从未无过
也不曾有过

四

从来时来
从来时去
狮泉河哺乳
玛旁雍措依偎
冈仁波齐守望
人们在不断死去
信仰依然活着
不因风起
也不因雪飘
只缘心中
轮回
……

2019年4月23日

萨迦回眸

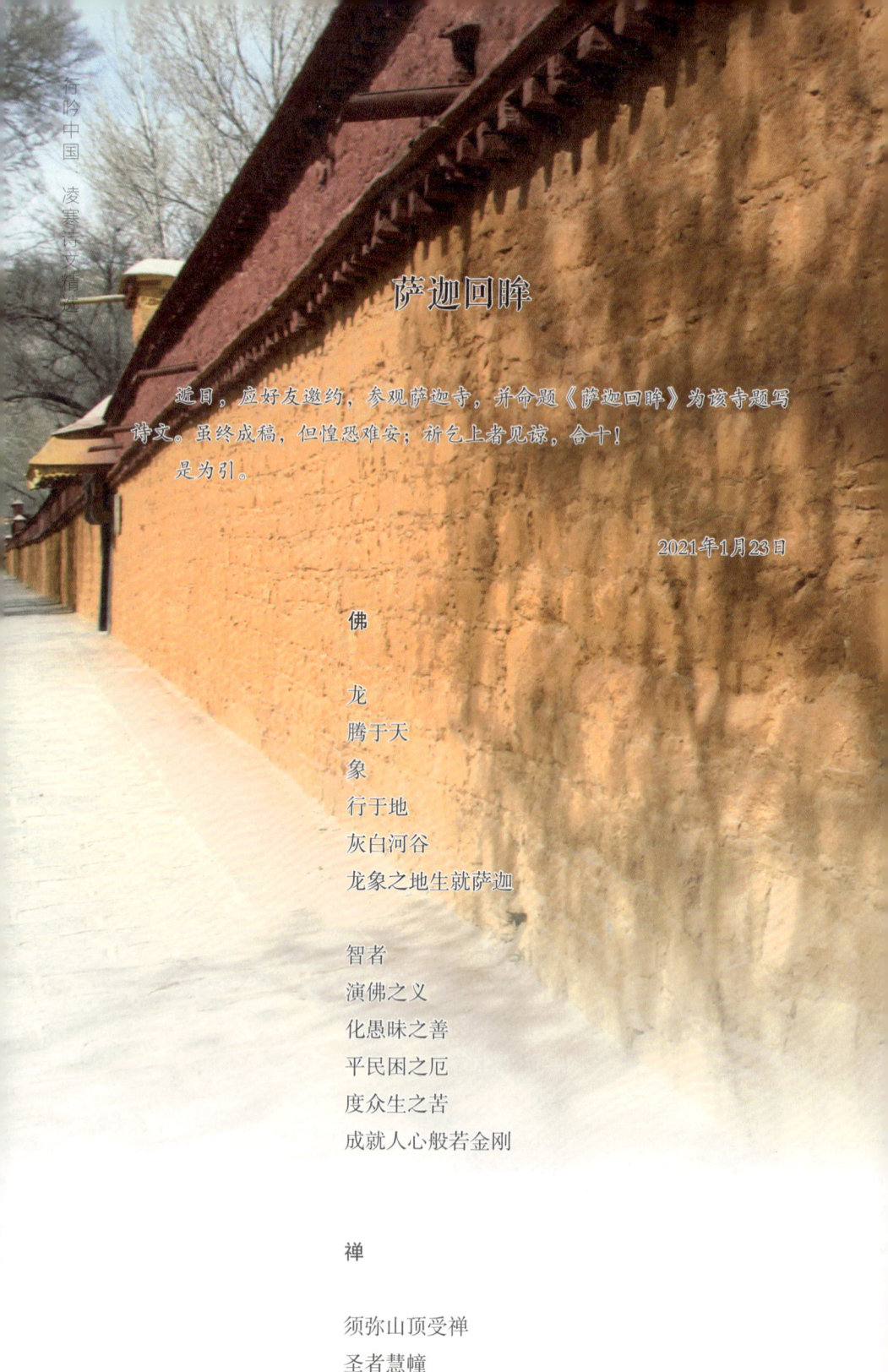

近日，应好友邀约，参观萨迦寺，并命题《萨迦回眸》为该寺题写诗文。虽终成稿，但惶恐难安；祈乞上者见谅，合十！
是为引。

2021年1月23日

佛

龙
腾于天
象
行于地
灰白河谷
龙象之地生就萨迦

智者
演佛之义
化愚昧之善
平民困之厄
度众生之苦
成就人心般若金刚

禅

须弥山顶受禅
圣者慧幢

[西藏自治区]

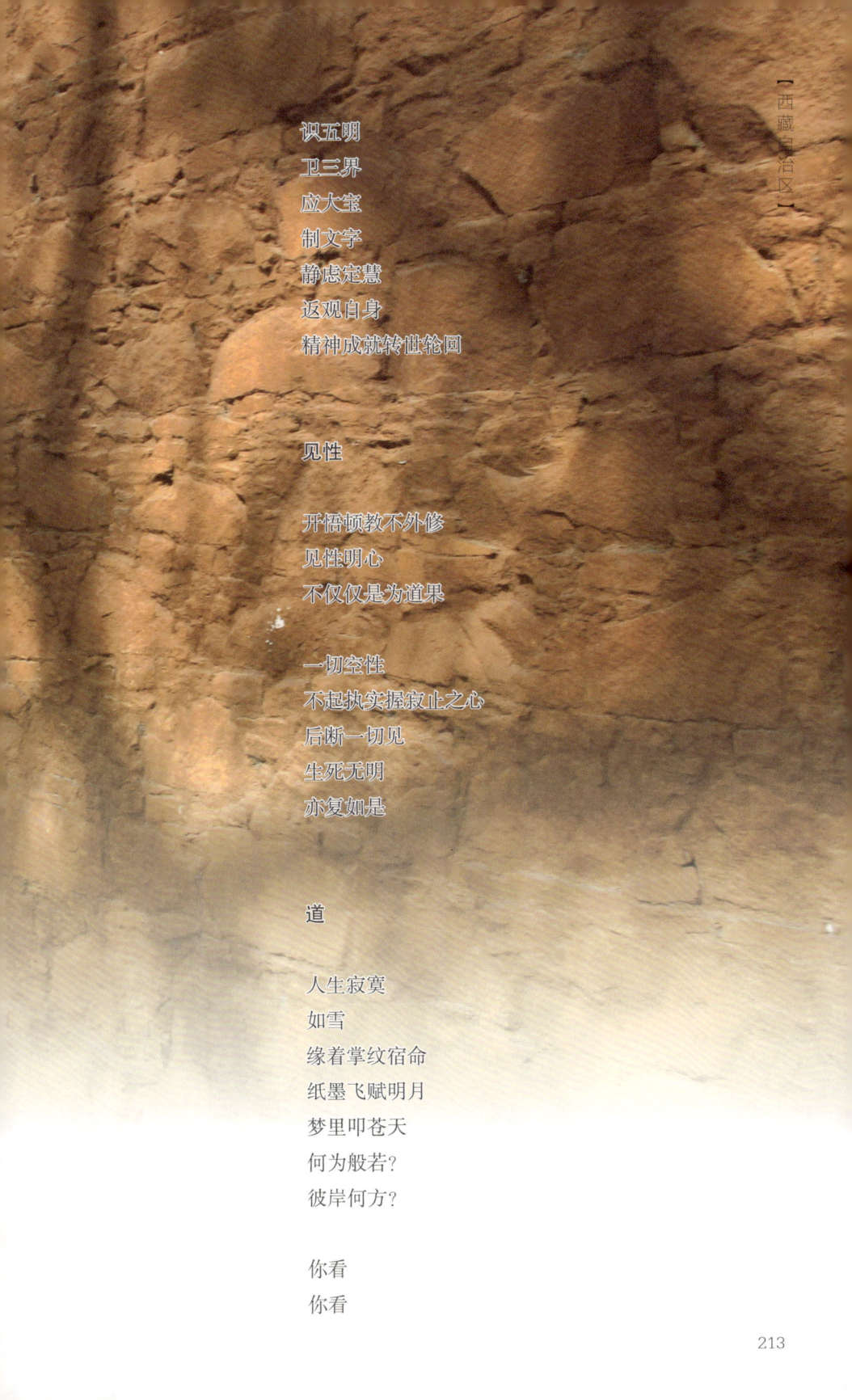

识五明
卫三界
应大宝
制文字
静虑定慧
返观自身
精神成就转世轮回

见性

开悟顿教不外修
见性明心
不仅仅是为道果

一切空性
不起执实握寂止之心
后断一切见
生死无明
亦复如是

道

人生寂寞
如雪
缘着掌纹宿命
纸墨飞赋明月
梦里叩苍天
何为般若？
彼岸何方？

你看
你看

你往前看
你再往前看

彼岸
就在指尖上
般若
却在你心上
……
……

永不凋零的花朵
——拜谒察隅英雄坡

四周雪山

凛冽

审视着

这片热血的死亡

没有作声

风

呜呜地哽咽

抚摸着我的发丝

告诉我这长眠的土地

草木一秋

亘古不变

升腾

活着

447座坟墓

寥若晨星

447朵永不凋零的花影

烈士殉名

这里埋葬的

不仅仅

是447条年轻生命

他们

是共和国的英灵

更是华夏不死的龙魂

——他们

与他们

用肝胆昆仑

筑起国界丰碑

浩气长存

风起时
阳光洒在你的脸庞
日暮时
黄昏成了酒色昏黄
没有告别
你的影子
在最后一朵花瓣
掉落的时候
永生
成了花语
生命
最后也成了诗行

过去已逝
未来可期
活着就是希望
就如这夜晚
是什么样的遗憾
能让你一想起就红了眼眶
是瓦弄大捷？
还是西藏平叛？
或是牺牲于建设西藏？！
——
不管世界怎么改变
你都是我的阳光
哪怕是彗星化作云烟
你
一直在我身边

烟火向星辰
所愿已成真
秋收的察隅沟

青稞作揖感恩

松柏常青

用铅笔涂写仙人掌

蓝图摹画

鹏路翱翔

蒲公英的伞

告诉忘忧草来日方长

红色思想

引领着潮流方向

改变着大海的哀叹

生活

抬头看见

牵牛的蓝色花瓣

星星点点

像碧空掉落叶间

成了风信子的驿站

看季节发呆时刻

惆怅

总被打破

渴望

没有兵荒马乱

岁月静好

在心里默淌

暖风拂面

……

2022年12月29日于察隅

作者注：

察隅英雄坡纪念园，2014年9月30日在广东省委、省政府的统一部署下，由深圳市龙华新区首倡援建，选址在西藏林芝市察隅县城英雄坡上奠基建设；2015年在全国"烈士纪念日"，英雄坡纪念园举行了隆重的开园暨革命烈士安葬仪式。

三秦四季,梦回唐朝

【陕西省】

巍巍秦岭,
挺起南北分水,
育三江七泽,
犹被褐藏辉。

[陕西省]

脊梁
——观秦岭有感

万载昆仑
迤逦鹏程龙蜕
风雪大千气象新
虎跃凤翔吐翠
看黄河滔滔
九曲奔腾赴海汇
披坚执锐
观长江浩荡
楚天望断明月归
一曲渔歌心醉
初心不悔
塞上良人回

巍巍秦岭
挺起南北分水
育三江七泽
犹被褐藏辉
华夏脊梁
笑看风卷云舒
中华儿女
领风流百年竞渡
俯仰天地
多少豪杰壮阔
岁月峥嵘如歌
纵人生漫漫
砥砺磨难
登高楼望远
神州蓝图定江山
梦想话等闲
飞天
······

2022年10月1日 于西安秦岭

西安城墙

禁锢的思想
怎么也无法抵挡
爱情渴望的目光
　穿越
腌臜的贪婪
像杂生的野草
肆虐着
贫瘠的宿命
红尘滚滚
和关外的战马嘶鸣
高高筑起
　这未央宫
　这大明宫
　还有这厚厚的城墙
连着断断续续
看不到边的长城
　禁锢的
　守护的
是一样望不到边的
　屈辱……

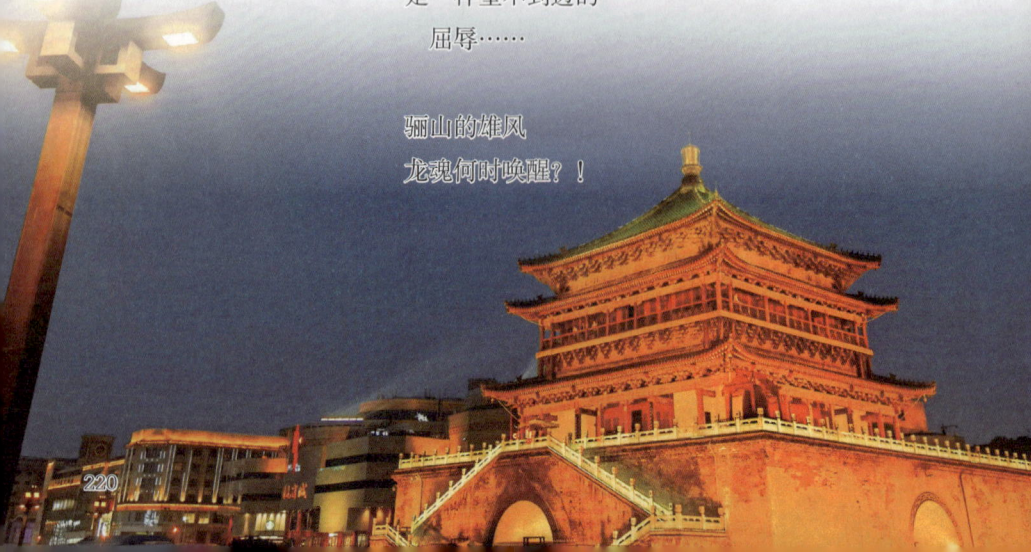

骊山的雄风
龙魂何时唤醒？！

【陕西省】

千百年的懦弱忍让
成就十七岁骠骑将
　横扫四年
　封狼居胥山
丝绸之路连起了西安的城墙
哦，此时的长安
风正刮着
雨正下着
风雨中的飘摇
塑就了华夏的刚毅
血还未结痂
泪还在流淌
血泪中的苦难
支撑起民族的脊梁

阴阳抱负
和平无法阻止野心和杀戮
马嵬坡的决绝
泪洒白绫
只是一个腐朽王朝向堕落
低头的告白
你走了
香消玉殒的
不是一个政治牺牲
这倒塌的
是一整座盛唐的宫门
或是文人
对忠贞
无法饶恕的伪善
　自卑
　　软弱和苍白……

她
仅仅是

一女子

一漂亮女子

一被谪仙人李白盛赞的女子

士大夫牌坊和这女子的墓碑

在这斜照风沙中沉寂

沉默的历史

没有声张

只是

用他自己的方式

记录

　死亡的过去

　新生的思绪

　或是华清池里的氤氲雾气……

也许只有

只有这里的温泉还在

还在沉吟

——你走了

　却住进了我的

　心里……

——我流走的

　不是过去

　而是你的

　泪水……

2022年8月12日

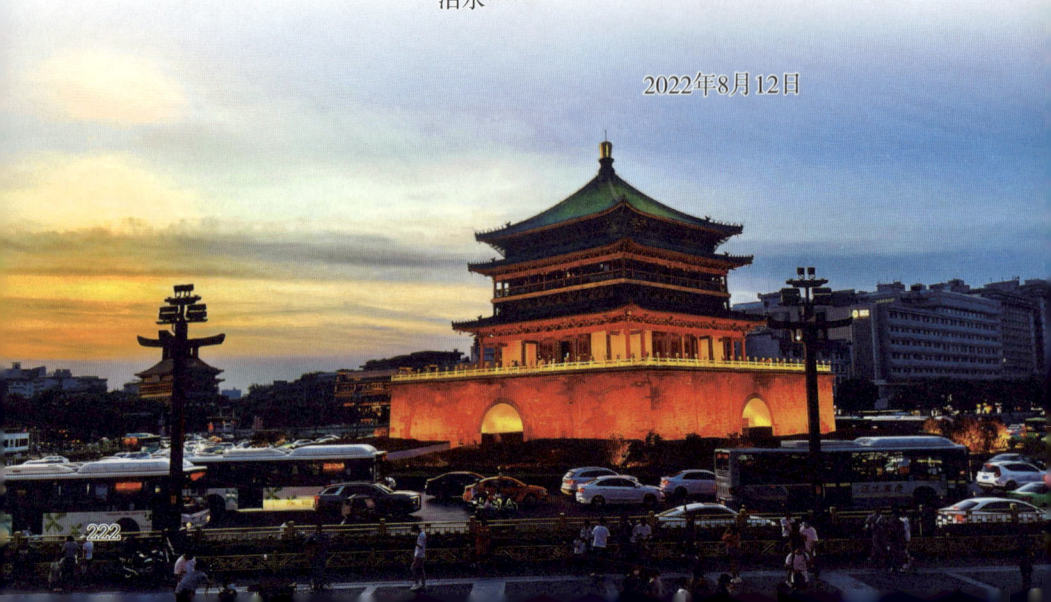

[陕西省]

品度平凡
——谒大雁塔慈恩寺

丝路的风
吹了千年
月光下
是谁的呼吸起伏跌宕?
这冥冥天地间
驼铃声声
在古长安的街头回响
敲打着
蹉跎岁月风霜
我不知道
不知道来路何方
我更不知道
不知道去向何处他乡……

一

这曲江的邂逅
在大雁塔旁
是李白
唱过的月亮
沉香亭北倚阑干
春风无限……
是白居易
慈恩塔下题名处
十七人中最少年的地方
那晋昌坊
回眸祈盼

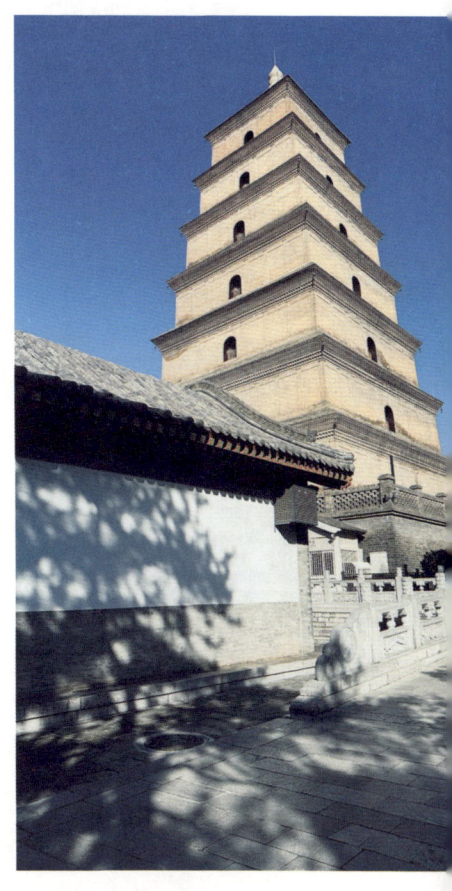

行吟中国：凌寒诗文精选

是杜甫
优游离宫芙蓉池上
樽壶酒浆三月三
流觞雅宴诗画的碰撞
是王维
九天阊阖开宫殿
万国衣冠拜冕旒
品茗茶香对酌的时光
蓦然回首
被弦琴撩动的大唐
不夜城自由开放
给佛教予生命
灵魂救赎的天堂

东土的眼睛
有三藏
与恒河菩提树相伴
记录对故梓的渴望荣光
还有，
那不死信念
在贝叶经书镌……
早起的太阳
回首来路
寻一工匠
精雕细琢描摹壁画
有生命繁衍
让人惊叹
那刻满文字的瓷片
诉说着刀光剑影
血迹斑斑
只有佛祖舍利
在寂寥的夜晚
走过断壁残垣
看繁华是你

[陕西省]

孤寂经年……

二

钟鼓梵唱
再现重楼复殿
云阁洞房
不见当年古道悠长
那音乐广场喷泉
烘托雁塔浩然
浮屠七层
穿越千年沧桑……
生活
红尘万丈
希望
忍辱负重
成就宁静致远
刻画寂寞烟火人间
理想
读懂孤独
在沉默日子里扎根思量
感悟人生
法轮常转

凡尘俗世
烦恼八万四千
关上
自在门窗
任深邃思想
反观
内心
穿透万千年的云烟
拨弄芸芸众生
品度肉身之平凡

行吟中国：凌寒诗文精选

回归
真实坦荡
在平淡生活学会安然
经历千帆
终将蜕变
人间正道觉醒黑暗光亮
风来竹面
别忘了你是一颗种子
绿水迢迢
隐隐青山
种子终将破土
仰面阳光
灵魂摆渡万里
超越世俗空间
你是佛前圣洁的白莲
熠熠生辉
播撒芬芳……

三

秋雨
淋醒万人狂欢
丝绸之路再次起航
在西行的列车上
记忆火苗
点燃
灞桥折柳的目光
窗外身影
拂过原野山峦
河流和春天……
假如记忆轴的丝线
随意织编
金黄辽远

【陕西省】

黄河北岸的崖壁上
在此浊流婉转
山水相映
凿刻
这丝路石窟遗址如此艰难
又如诗如画般
静静屹立于崇山
注视千年
庄严妙相

跨山越海
穿过戈壁沙漠茫茫
跟随玄奘的脚步
行走在帕米尔高原
抬头看见
是终年不化的白雪冰川
脚下匍匐长磕
是朝圣者前进的信仰
灼热胸膛
亲吻大地脸庞
高海拔并没有使我晕眩
雪莲花
在阳光下绽放
招展
生命的力量
这一刻
除了感动震撼
就是接受平凡的自我
经历磨难
热爱生活
我们永远都在路上
……

2023年10月16日于寒山斋

作者注：

  1.大雁塔，位于唐长安城晋昌坊（今西安市南）的大慈恩寺内，又名"慈恩寺塔"。唐永徽三年（652年），玄奘（三藏法师）为保存由天竺经丝绸之路带回长安的经卷佛像和佛祖舍利等主持修建了大雁塔。

  2.慈恩寺，即大慈恩寺，为唐太宗贞观二十二年（648年），太子李治为了追念母亲长孙皇后而建慈恩寺。玄奘在这里主持寺务，领管佛经译场，创立了汉传佛教八大宗派之一的唯识宗，成为唯识宗祖庭。

风起心动
——法门寺外听钟

风起,
心动。
——法门寺外,
听钟。
有风铃声声……
双手合十,
在心。
不在手,
也不在形!
看浮屠之外,
风雪随经幡漫卷。
可惜,风语
难明。
风起,风不会
说话,
雪舞,雪不
作答……

法门,
见性。
不在法,
也不在内外。
得道?悟道?
一切有为法,
一切无为法。
——俱见性!
见闻能做,
回眸一瞥间,

[陕西省]

皆是法能，
更见佛性。
只见你拈花一笑，
花开，
花落。
一切法通达！

舍利，
精神。
不在五行，
也不在三界。
舍利塔内，
灯，
在参阅着什么？
般若？金刚？
彼岸！
见，
曼珠沙华从天而降，
你智慧慈祥脸上，
满是柔美笑靥，
眸子深处，
——有光存在。
有生命与你同在；
所以，心
并不孤单！……

2022年9月26日于法门寺

作者注：
　　见闻能做，即明心见性不在别处，就在眼前，就在你能见、能闻、能行、能做处，回光一瞥，识得这个灵知就是自己的佛性。

佛光
——游法门寺

翻开
时间的漏斗
慢慢阅读
有秋天的风
　夏日的雨
　　冬的苦涩
　　春的泪水
双手合十
许一世永恒
　为岁月温婉
　为生命的风景
　为错过的黄昏静好
　或是遗失年华草木葱茏

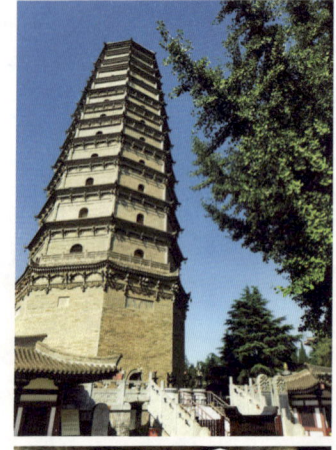

沏一壶香茗清冽
独品禅意
坐看舒卷曼妙
听花开花落道品
默诵苦般若
指尖划向彼岸
直面欢喜
哪怕是梦是影是幻
如昙花月下绽放
　静语
　　寂寞
　　　恬淡
嗅闻梵音如缕
感悟生命素媚

【 陕西省 】

风雨中
　守住
　这片刻的宁静和心香

把素笺心事摊开
　浅浅落笔
　慢慢书写
　细细勾勒……
在阳光下的海，星星
汇聚成
　这秋霜晨露
最后，镶嵌在
　孩子灵魂的窗口
用眼睛
看到了人性
　美丑
看到了希望
　未来……
　　……

2022年9月26日 于法门寺

喋血玄武

天边的火烧云
是唐武德九年六月初四的火烧云
也是神龙元年正月廿二的火烧云
……
太阳
还是当年那个太阳
残阳是红的
　血腥
　　杀戮……
没有风
玄武门里听不到厮杀
而这带血的土地城垣
有刀剑铮鸣摩刻
似乎在告诉世人
历史

就在那里
不曾远离
只是人心离开了
没有追随
也不曾参与
只有那贞观的墙砖
　叩响
　夜晚的马蹄

对话时空
对话历史
我推不动这扇
这扇沉重的话题之门
更不知喋血
喋血这条钥匙

[陕西省]

是否能打开这锈蚀的心锁?
我知道
　喋血
这不是你的错
错的是人性
刽子手,不过是张
看不见摸不着的白纸
最后
由胜利者书写
　神圣
　或是天命……
就连那握笔的手
也是活着的人
用赢来的鲜血
　朱批
　昭告天下……

时间的车轮滚滚
　就在指尖轮回
　不离不弃
人生
不管如何精心策划
也抵不过宿命的安排
就如,风雨里
宣政殿前的日晷
　望朔受朝
　读时令之礼
那大明宫太液池的青莲
沉沦着昔日的月亮
　芙蓉娇羞
　杜鹃夜啼……
千官望长安
万国拜含元

那山呼万岁的回响

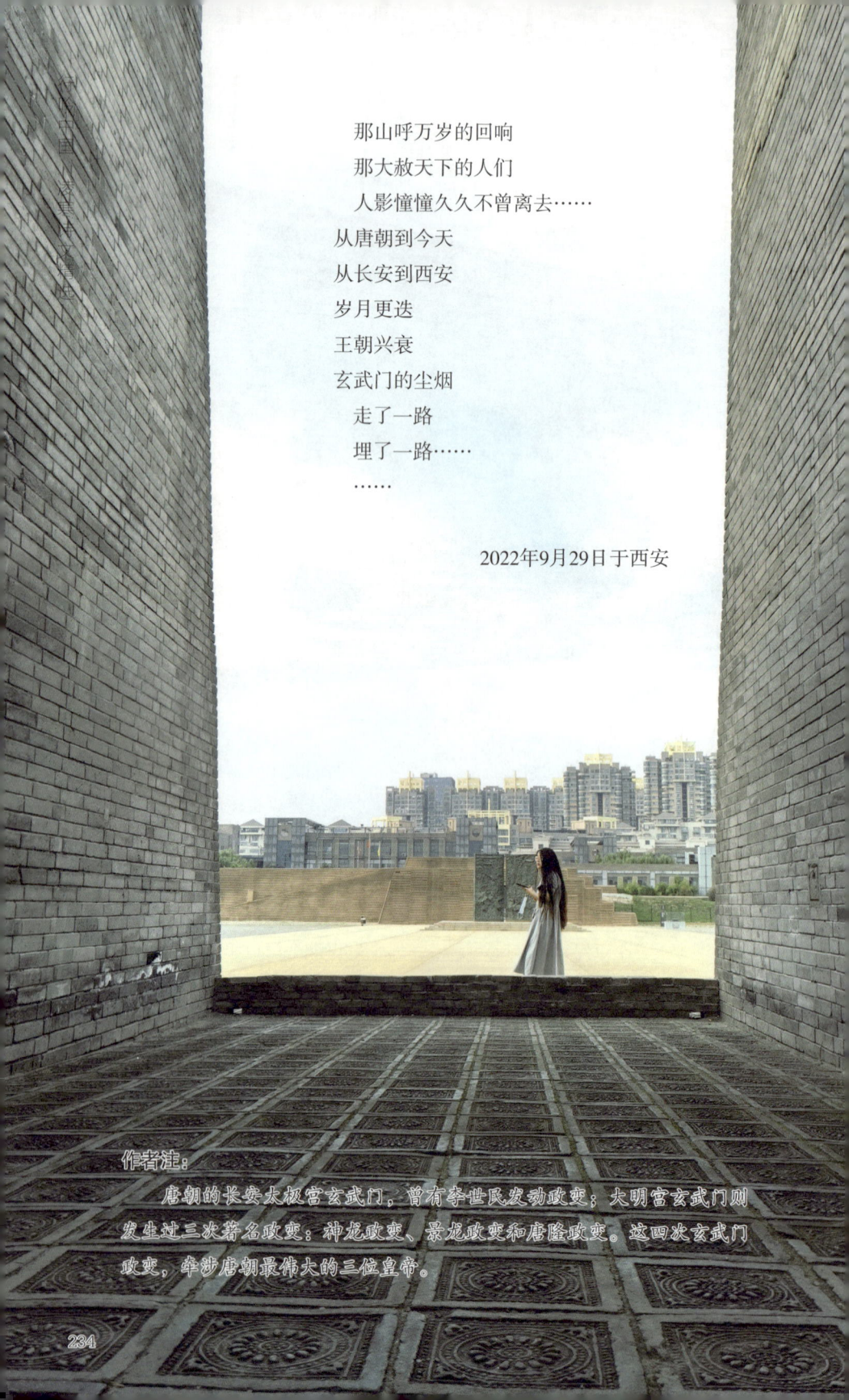

那大赦天下的人们

人影憧憧久久不曾离去……

从唐朝到今天

从长安到西安

岁月更迭

王朝兴衰

玄武门的尘烟

　走了一路

　埋了一路……

　……

2022年9月29日于西安

作者注：

唐朝的长安太极宫玄武门，曾有李世民发动政变；大明宫玄武门则发生过三次著名政变：神龙政变、景龙政变和唐隆政变。这四次玄武门政变，牵涉唐朝最伟大的三位皇帝。

[陕西省]

梦回秦关

丝丝白发
皓洁头上一轮秦月
静默地照射着
汉夜古关
昨晚秋风吹落
几多柔情似露
沾湿了两肩霜怀
浓郁成
醇美的陈年佳酿
让千年滴血的葡萄酒
点燃历史的烽火台
大漠　孤烟
昔日的才情
更显悲怆　壮烈……

岁月的底片
曝光　记录着
一路冲晒着
泛黄的照片
逐渐远去　模糊
青春花儿
在时光的冲洗中
艳丽　成了岁月
漂洗过的颜色
夜色中
几重梦萦
几回泪中……

2002年5月17日于陕西洛川

行吟中国·:凌寒诗文精选

曙光
——写于西安半坡遗址

陶埙

古老的陶哨
带着埙的韵律
　　在秦岭关山莽野
　　在半坡的夜空中
　　吹响……
这万千年的幽怨
　　呼吸
那各式鸟兽的陶形器
在晚风中
　　嗡嗡回响
　　共鸣……

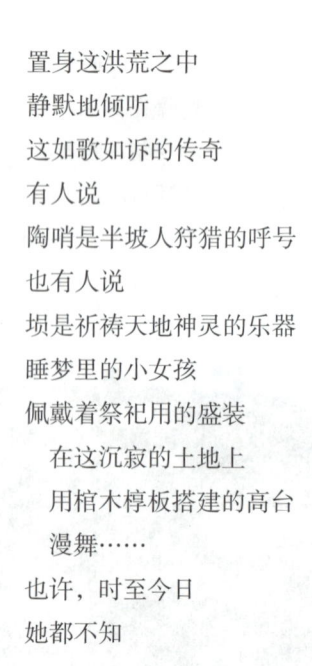

置身这洪荒之中
静默地倾听
这如歌如诉的传奇
有人说
陶哨是半坡人狩猎的呼号
也有人说
埙是祈祷天地神灵的乐器
睡梦里的小女孩
佩戴着祭祀用的盛装
　　在这沉寂的土地上
　　用棺木椁板搭建的高台
　　漫舞……
也许,时至今日
她都不知

[陕西省]

身上穿的不是华装玉石珠串
而是
　　死亡的镣铐

密码

时光不老
似乎这泥捏的岁月中
生命不曾老去
伴随渭水日夜流淌
一场雪落下
把古老的半坡下成净土
　　草木静默
　　　土地也在静默
　　　休养生息
欲望芜杂随之褪去
喧嚣浮华随心沉静
　　安享当下
　　　季节飘零等待春来……

一个个
一张张
熟悉而又陌生的
　　人面鱼纹像……
这烙下的

237

这刻画的
　　——描摹着母系村
　原始的心灵图腾
　　——谱写着是秦人
　早期的艺术染料
　或是思考
最后，在
一个个陶器上张扬
述说着灵与肉的冲动
不知是哪位天才
　在上面留下
　有序组列
　等待时间的破译

火种

那矮小的土窑
没有伟岸雄姿
更没有炼炉高温炽热
窑膛里点亮的
点亮的不仅仅是
　昨日生活
点亮的更是
更是今天文明
　曙光的
　　火种……

不是追魂
而是追寻
追寻一份不可遗忘的记忆
就如那连通灶
　一端连着过去
　一端连着未来

[陕西省]

也许，有如
活在地下的氏族
　　或仰
　　或俯卧
连通着人们与未知世界
精神和情感
从未止息……

你看
你看——
是谁在静夜星光下
　　燃起熊熊篝火？
是谁在当午汗水中
　　埋下希望种子？
又是谁在秋收的炉膛旁
　　吹响思念的陶埙？
这是在敬拜上苍
　　感恩阳光雨露？
或是献祭大地
　　祈愿仓廪富足？
也许是告慰先祖
　　报天地覆载之德！
　　……
　　……

2022年9月27日

羲轩桑梓，汉简之乡

【甘肃省】

倾城芙蓉乱世雪，
大漠挽弓射穹苍。

【甘肃省】

玉门关叹

茫茫戈壁
戈壁之外还是戈壁
我还没读来悲冽
哪来的荒凉壮阔岑寂?
天地之间
只有你我
湛蓝的天在看着我
无垠的戈壁滩也在看着我
没有视线
没有焦点
你我的对望
不在心里
也不是眼前景象
只有风
似乎读懂
长城沿线烽燧的牍简

眼前的大土墩
　　与连片矮墙
闭上眼
耳畔
似有号角声声
　　猎鹰划过长空
心潮伴随着战鼓阵阵
　　马鸣和旌旗
被箭矢
射中思乡的月光
还有那柳梢下的影子
在涟漪的梦中荡漾

行吟中国：凌寒诗文精选

没有海浪的大漠
也不平静
就连文人的诗词歌赋
掉落地上
也会很快被黄沙掩盖
　埋葬
最后
却刻进了岁月的灵魂……

我不敢向前
也不愿眺望
时光白沙流淌
我怕陷入无底深海温柔
时钟的节奏
心跳
在穹窿
伴随呢喃闪动
风
格外轻柔
连逐渐抽芽的杨柳和斜阳
也变得格外柔美
亦真亦幻
看不到
那千年厮杀战场
那将士戍边
　洒下的思归哀叹

[甘肃省]

捧一抔沙
与那一地白骨对话
　在南腔北调中
　　倾听被深深埋葬着的
　　　乡愁……

举一杯酒
祭奠
这天地风沙轮回沉淀
摘一滴泪
化成故乡
窗棂的月亮
高高悬挂在玉门关前
镶嵌在你的心上
照亮
壮丽河山
泼染
水墨延绵
燃烧着千万年
华夏文明永不熄灭的盛美
　烟火
　　绽放……
　　　……

2022年8月25日

行吟中国：凌寒诗文精选

梦回宋唐
——庚子中元写于鲁朗凌云客

多次拜谒敦煌，无数次想为敦煌写点什么；然，一直没有成文，每每思之，余念难遂，内心愧疚，甚是惶恐。近再访莫高，终成诗。
以飨读者。
是为引。

2020年8月26日

古道徘徊
离殇粉黛
泪滴朱唇梅花烙
暗香浮动憔悴
一痕素裳沐烟雨
邂逅
纱窗浅影
为你执剑
碎江山
葬红颜
何堪？

【甘肃省】

跨马临崖
俯瞰沧海桑田
霓羽残屦
花祭流年！……

倾城芙蓉乱世雪
大漠挽弓射穹苍
掬一轮冷月
弹一曲敦煌
抚一丝清风
踏千年尘烟
飞天
反弹琵琶
唱尽婉转
馨风摇扇醉琉璃
疏影话凄凉
月泉呜咽
莫高断肠
黄沙漫漫掩古卷
痴叹酒独倾
泼墨
韵染
叠成宋唐
……

夜泊瓜州
——题写嘉峪关天下第一墩明长城烽火台遗址

寒梅入喉雪愁晚
举杯强欢
辚辚车马长街
醉不尽繁华一黄粱
遗忘千年
柔情刻骨忧伤
犹记塞上
大漠孤烟
霜风冷月玉门关

回首望
狂歌当哭
万里征战汉家郎
胡骑箭影血染
鸣镝无处话凄凉
沧桑
佳人本无错
一笑失江山
空余烽火不语
满眼悲怆

卷里卷外敦煌
道不完昨日昏黄
坟前石碑清词唱
生死思念
倾歌霓裳
鬓霜
起弦风雅梦一场

【甘肃省】

琵琶泣残阳
古道漫漫
独坐惆怅
伊人泪滴楼西南
寂寞纱窗
残梦断
夜阑珊
倚步小栏杆
倩影孤单
······

2022年6月30日

作者注：
夜泊，指停车住宿的意思。
瓜州，隶属甘肃省酒泉市，地处河西走廊西端，与玉门、敦煌、哈密相接，乃古丝绸之路商贸重镇。

张掖丹霞山的哭泣

多次参观张掖丹霞山和母亲河黑河。近日，想从另一侧面，用对比强烈悲怆的文字去表述另一种情感，讴歌大地女神，折射母爱伟大。这是一种尝试，也是一种新的挑战！不管效果如何，先为自己加油！

是为引。

2022年8月18日

这外衣
这色彩
不是我想要的
它并不是我
　原有的肤色
地壳运动的灼热煅烧
　造山水流切割
　风化和日照
　烘烤
千千万万年
不停不休地折磨
用屈辱和血泪
　造就了
　这畸形的美……

　上帝
也有睡着的时候

【甘肃省】

难道
您看不到？
您听不到？
我的苦难挣扎
我的痛苦呼唤
我知道
您睡着了，所以
才会继续让这痛苦
　延伸
最先醒来的时光
告诉我
您虽然睡着了，但
从没停止
　摆弄
　手指
——您神圣的
　上帝之手……
我还能赞美您吗？
——我只能
　也只能匍匐地
　感谢上苍的
　恩赐……
——我只能
　也只能无奈地
　叩谢命运的
　眷顾……

如果可以选择
我宁愿继续沉睡
有谁？
　愿意将痛苦
　当作美丽
向世人展示
　孔雀的屁股

这是一种耻辱
　一种无休止的
往复痛楚……
我真想诅咒
　诅咒
这五颜六色独到一处
　绚丽斑斓光彩夺目
　还有白骨做的
　恐龙化石
可是
是谁没经我的同意
就已将我展示
就如人体盛，生生
承受着各种风雨吞蚀
　目光的猥亵
　言语的侵略
　或是追趋逐耆

活着
我还要看兄弟阋墙
不是你生就是我死
就连我的名字
——张掖
也是姐夫和小舅子的争斗相执
最后让小外甥来起

【甘肃省】

在这一夜
就在这一夜
我宁愿死去
但我知道
我不能这样死去
我的子民
我的姊妹兄弟
还在这里
　在这里
　繁衍生息
我只能默默地
　默默地
　在内心流泪
　承受着这桎梏
继续挺立
用脊梁撑起
未来的炉火闪熠
他们说，这是精神
一种坚韧不拔的精神
好吧，如果忍耐
　是一种智慧情操
　是一种传承和美德
　我希望不是懦弱
我会守望
我会继续努力
　经纬天地
　甘之如饴
　看着你们龙翰凤翼
　风霆电击
　所向披靡
　继续在东方神奇的土地
　挺起
　屹立……
　……

我曾来过
——张掖丹霞山的喃喃自语

应读者要求,为张掖丹霞山再写一首诗,证明我曾来过。是为引。

2022年8月22日

是谁将上帝的调色板
打翻
跌洒人世泼染
成了酒红色的醉
让轮回的你我
　　在此
　　　　相遇
害羞一笑的嫣红

那刻画在
大地上的彩虹
听山风

【甘肃省】

　　喃喃
　　　　细语
追随着恐龙的脚印
陪你慢慢老去
最后成了这起伏沟壑皱纹
岁月神偷
偷走的是光阴
流逝的不仅仅是时光
还有那
故乡泥土的芬芳……

回味
是一种幸福
回望
是一种无奈
看成败
是是非非
何尝不是一种依赖
记忆中的蹉跎
五谷不分的小孩
理想中的逍遥自在
或是时代的悲哀
都留在了这七彩丹霞
谁不想
给自己的下一代
留点记忆
证明
我曾来过
那曾经来过的
还有这丹霞七彩
……
……

沉沦
——再访甘南

夕阳,
浪漫。
晚霞爱上了她,
衣袂上的光环……
所以,
风;
在太阳下山前,
爬到山头等你,
等你千万年;
还有这爬满山上的荆棘,
以及那沉沦苦海情伤,
雨腐蚀石,
与世同老的守望,
盈盈泪眼……

甘南扎尕那的美,
一半,
在于人文信仰,
另一半,
来自美景山川……
当你,
在这世外桃源,
匍匐于虔诚,
便放下了内心的不安。
这眼前的石匣古城,
不仅给你视觉盛宴,
还让你见证,
见证这被誉为:

【甘肃卷】

亚当夏娃诞生地的巍峨壮观,
气冲霄汉;
还有光盖山石峰,
那大自然有如冷兵展现,
展现她,
令人敬畏的力量……

这拔地而起的山峦,
有如神祇宫殿。
崟峥岩壁,
晓来天气浓淡;
薄雾,
目光,

——流盼。
在我无法企及之地,
思念的藤蔓,
漫过横断山脉深处,
你,
就在那里,
新霁,
月明风细……
那深邃的眸子,
想要透露什么秘密?
我第一次,
近距离,
感受这个词的真谛!……
……

大地波浪起伏,
雪山触手可及,
平坦宁静的河谷,
逐吹逶迤,
雪莲荐苍璧;
那冰川雪水蜿蜒而过,
美得让人窒息,
难以忘记。
有如你的霓裳羽衣,
一样美丽,
不惹尘埃,
为伊,
牵系。
一切都在最初的酝酿中,
洁净如初,
青涩如初。
……

2023年9月4日于甘南

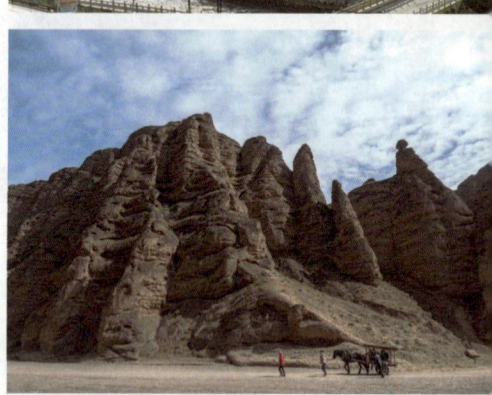

作者注:

　　扎尕那是天然石头城,位于甘肃省甘南藏族自治州迭部县西北30余公里处的益哇乡的一座古城,藏语意为"石匣子"。地形既像一座规模宏大的巨型宫殿,又似天然岩壁构筑。扎尕那山势奇峻、云雾缭绕、宛如仙境。

西部明珠，大美青海

【青海省】

任大地流淌颜色，
率性纯粹不做作。

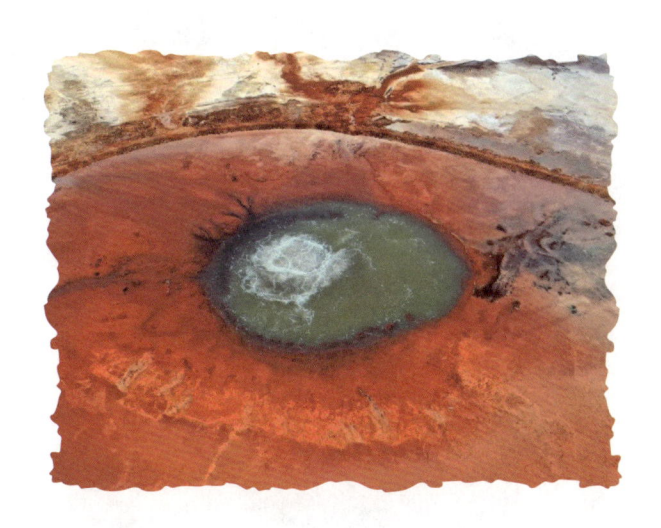

牵你的手
——游青海湖沙岛有感

一

这空中，
凌乱的灰尘，
正如我的心。
在这阴郁的世界里，
钢琴，
无声流淌。

牵你的手，
有如你我相遇见，
擦肩而过时间，
描摹生命最美的景象，
恍若夜晚，
降临梦魇，
感受着，
　　黑暗，
　　　从指尖滑过的快感。
　　……

二

思念，
无思绪地让思绪飘飞，
飞红零乱……
掬捧起这砂，
有若余花落处；

【青海省】

随风,
任眼泪汇聚成青海湖。

采撷一寸芳心,
画半片秋绪;
吟啸凌云辞赋,
谁管束?
是酒残歌管霜天曙,
抑或仓央嘉措远去的岁月脚步,
降落帷幕?!
归冥路,
几回顾。
风烟萧索江暮,
归程阻,
断鸿声舞!……
……

沙舟,
横渡。
目光中,
记忆当初……
根本停不下来,
这阑珊寂寞凭谁诉?
画屏低笼芳树,
冷彻鸳鸯浦。
心沉浮,
意何如?
万里书!……

259

三

夜来窗外潇湘雨，
江湖碎滴，
飘萍浪迹。
庆幸果断把船票退了，
徒劳心力，
追逐着春夏彩色，
走过秋冬四季。
折腾一年，
甚是满意；
为了犒劳自己，
羊肉串串烧烤怎能弃？
沙岛边边走起，
在他乡的味道中，
听涛声鸣镝，
感受大自然的神奇。
在这里，
我们体验天地的广阔，
壮烈与美丽，
寻找最初的那份快意，
平静和安逸……

与孤寂为伴，
我们互道珍惜。
举杯敬过去，
为生活努力；
笑言向未来，
景运纯禧，
丹凤来仪。
以此寄寓，
在这一片湖水星河里，
冷色伫立长堤，
掩映箭波齐，

【青海省】

有琼枝玉树相倚，
新春岁华生天际，
电掣风驰。
……
……

2016年12月31日于西宁

作者注：

　　青海湖沙岛是国家重点风景名胜区青海湖组成部分之一，属湿地型自然风景旅游区。

　　沙岛北倚同宝山与金银滩大草原相接，南濒青海湖与151景区相望，东有金沙湾、小北湖与倒淌河、日月山相牵，西望海心山、尕海与鸟岛相呼应。沙岛由金沙湾、银沙湾两部分组成，其间有沙岛湖、月亮湖、太阳湖、响湖、响脑儿湿地、银沙湾等景点组成，自然景观丰富多彩，各点又特色鲜明、形态各异、自然成趣，让你深刻感受"一日四季"之魅力。

天空之镜
——茶卡盐湖写给秋的请柬

  天已微凉。不经意间,手指已触碰到秋天的问候;我知道,那随风漫卷的落叶,是你寄来的请柬。
  追随着秋风的脚步,我走进了青海茶卡盐湖……
  是为引。

2022年8月6日

叶柬

应你之约
我悄悄地来了
没有热恋时的怦然心动
也没有悄然离去的伤感
只有手中的这枚落叶
那是你
 写给秋天的
  请柬
   ……

你默默地
把余晖洒在脸上
装饰着
朦胧的面纱
把泛白的记忆
夹进长空的诗页
一改往日
偎依在
大地的怀抱

【青海省】

我远远地
看着你的泪眼
倒映在
天地间的世俗
遗落在
红尘中的美好……
不去分辨
　真假
　　善恶
如镜里
　镜外
　　是美丽
　　　或是丑陋……
仿佛进入
另一个温柔世界
不知是沉沦
还是重生

化羽

在这里
我想化身羽鹤
停落在你不被觉察
苦涩的湖面
像水面浮动的莲花
　为水而来
　　因水而生

沉重的想法
瞬如流星
在静夜里划过
　如昙花
　　闲愁空落

　　　　清冷面又寂寞
是宿命的安排
还是你我的约定？
那空灵的六感
还在吗？……
彼此的默契
或是
把思想都带走
并带上这血肉之躯？

锈迹

初秋的湖面
热切中泛着微凉
小火车顺着孤寂的电线杆
滑向远方
在你的甬道里深入
含一粒盐
回味天籁悠长
这远古的印记
这不灭的味道
历史还没回味
　　还来不及回味
　　　　又被写进了
　　　　　　历史……
就如湖边
浅滩上的管道
锈迹斑斑

是你

我来时

[青海省]

　　天还很热
我来后
　　天已凉了
不因风起
不因雪飘
只因你我今生的约定
在轮回之前看你一眼

迎着风
有光阴流逝
不必在乎圆满
有残缺
　　未必是遗憾
缘起时不懂得珍惜
缘灭时又何必留恋？
三生石上
也许永远是陌路……

远山倒影
白云悠悠
今世的这次邂逅
约定来生重逢
锦瑟流年旧时颜
明月婵娟寄鸿雁
请记住
生命里
　每一次微笑
　　每一个背影
　　　和那眸子里忧郁
　　　　叹息

是你，
是你！
……

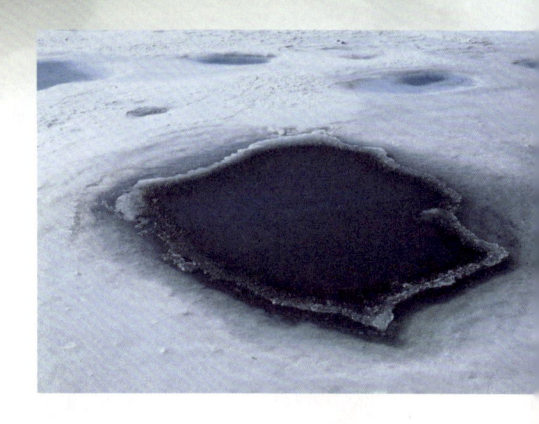

作者注：

　　茶卡盐湖，位于青海省海西蒙古族藏族自治州乌兰县茶卡镇。"茶卡"是藏语，意为盐池；蒙古语"达布逊淖尔"，也就是青盐的海。茶卡盐湖四周雪山环绕，平静的湖面像镜子一样，反射着美得让人窒息的景色，被誉为"天空之镜"。

魔鬼之眼
——写于青海艾肯泉

如果葬我
请你赠我
一滴泪
我会还你一池清波
在你回去的路上
忘川河边我吟唱离歌
你不必哀伤
也不用落寞
我本就是广寒冰魂素魄
只因这
宿世情缘坠入娑婆
最后
沉溺在你的
　爱河

【青海省】

你
行云流水肆意瓢泼
醒睡生命
　任大地流淌颜色
　率性纯粹不做作
在你的
　世界里
我
愿为你入魔
让时间
在泗渡中滑过
　堕落
诗行吞噬我的灵魂
意念的跋涉
把我
　赤裸裸的诱惑
文字苍凉的

背影
　　被你血淋淋切割
　　我只能用冬天的
　　　白雪素裹
　　跌跌撞撞绊绊磕磕
　　用渐行渐远的执着
　　换你空洞的
　　　承诺
　　或是用远方和脚印
　　　拼死一搏
　　如果这是错
　　——这明明是错
　　那就让我
　　　闭上眼
　　　不再辩驳
　　……
　　　……

　　2020年9月5日于青海格尔木

作者注：

　　艾肯泉，位于青海省海西蒙古族藏族自治州茫崖市花土沟镇莫合尔布鲁克村，距花土沟镇直线距离约27千米。因长期蒸发，泉水里的矿物质在土地上沉淀出深红环带状的"天眼边界"；从空中俯瞰，泉眼好像一只镶嵌在大地上的眼睛，被称为"魔鬼之眼"。

多元共生,丝路西域

【新疆维吾尔自治区】

晚秋的斜阳,
一头钻进白桦林下,
听金黄叶片,
连响……

梦回新疆
——应友请求作于凌云客

　　大漠的风
　　伴随着驼铃敲响
　　将白云蓝天
　　披在斑驳岁月身上
　　罗布泊的孤烟
　　把碧水青山
　　踩在阳光生命脚尖
　　死亡
　　不过是暮色苍茫
　　另一种艺术演绎阐述
　　穿越穹苍
　　　酣畅……

　　所有的文案
　　都不及路上的风景
　　　神醉心往
　　　走罢飞觞

[新疆维吾尔自治区]

我愿
化身为蝶
投入薰衣之邦
那饱满欲望的紫色海洋
　　细嗅花香
　　聊着时光
柴米油盐血色的浪漫
消磨着长乐未央
　　断壁残璋……

在梦中
诗与远方
是夙愿启航
探险极限
在雪莲花盛开的地方
有绿色征途开放
　　落日浩瀚
　　山吟泽唱……
这是你另一个故乡
——新疆
睡魇
有微笑绽放
依稀看见
原始村落袅袅炊烟
刀耕火种铿锵
还有那古老而神秘的语言
走进天山
去感受戈壁滩
秋天的清凉
有花海流水潺潺……

此刻
我高于世界
只低于你

271

萤火虫对夏露
　低叹岑寂
　　人生若寄
蛙儿带着蟋蟀
　阅览新霁
　　河汉无极
或许，
远眺不去打扰
用心阅读芬芳馥郁
是欣赏最好的打开方式
在酒后茶余
细品昨夜风雨
岁月不居……
……

2023年5月27日

[新疆维吾尔自治区]

你，一直在我的笔端
—— 写给童话新疆

伫立，
在冬交替的边缘。
你的目光，
是冷漠秋霜；
夹杂着寒鸦叫唤，
把远山哭丧，
慢慢装扮，
白雪银装……
倒是晚秋的斜阳，
一头钻进白桦林下，
听金黄叶片，
连响……
直面自然，
笑看云舒云卷，
风，
迈着轻盈脚步游荡，
丈量……

在山野林间。
我看见，
冬天，
灰色的心事，
愁眉苦脸。
漫溯在额尔齐斯河上，
河水或激或缓，
映照长天，
色调沉淀；
洗濯蔚蓝灵魂，

倾诉爱恋，
摆拍阿尔泰山相思的底板……
云彩缭绕尘寰。
幸福的光芒，
投射遥远，
在奇壮巍峨的神钟山，
包裹秋色斑斓，
绽放，
这一季，
最后一次绚烂……
连多情的可可托海，
涨满怀思念，
描绘无尽的诗意，
墨香。

独倚高原，
半壶晓月冰鉴；
梦见，
陌上花开，
江山无限。
风起苍岚天涯渲染，

[新疆维吾尔自治区]

童话新疆,
寒夜客来,
绿茗画意醉琼浆。
你,
一直在我的笔端……
有春色阑珊,
檀楼霞畔,
望眼欲穿。
拥盈袖云水潺潺,
终是欠峰峦。
问其间,
惜当年,
他乡明月照断肠,
霜露餐野饮泪日,
长亭恨晚,
离魂幽怨。
声外梦故园,
儿时模样……
……

2023年10月28日于寒山斋

楼兰新娘

我将这样和你去一生
不想那生命的花怎样开放
即使　暴风雪野
我也将这样伴你踏遍天山
骑着你的骆驼倚在你的肩上
听那驼铃在长风中飘响
春夏秋冬
寒来暑往
我们追逐水草赶着牛羊

任风沙吹过戍角的营边
和那干涸龟裂的土地
还有月下嚎叫的野狼
不再想
那狼烟突兀和边角吹寒
我就这样和你去
告饯
深宫寒锁的雪冰心颤
去那青青巴音布鲁克草原
看那天鹅舞蹈美丽晴天
围猎在那比斯和孔雀河畔
让我们细数松叶的针点
坐在葡萄架下我们歌舞翩跹
围坐瓜棚里细尝哈密瓜的蜜甜
谁说这样的生活不是天堂
风沙不再催人老
一朵爱情的雪莲花在心田轻绽
啊，啊，亚克西，
我就这样和你

[新疆维吾尔自治区]

走遍
海角天涯……

当暮色融进草原
炊烟
馕坑油酥飘香
牛皮袋马奶发酵的
是一份浓浓的乡情
古老的牧歌在天际回荡
格塞尔的史诗在冬不拉奏响
往昔在歌声中悠扬流淌
让我的歌声与你同唱
美丽的草原冰山
仰望天上的白云
就是我们的牧羊
牧鞭悠扬
我们共看朝霞璀璨
和那斜阳的昏黄……

1996年6月7日

胡杨树下，等你！

一千年的生长
一千年的相恋
一千年的守候
……
风沙漫卷
回首来路茫茫
戈壁滩
死守着最后的泪眼
碱化的苦涩
已是挺立的最后尊严
是否
　在倒下前
　　放下
放下这最后的一丝伪装
让情感
　释放？……

等你
我在胡杨树下等你

【新疆维吾尔自治区】

不为当年的誓言
也不为今日的承诺
只为
　这触手腐破
　　千年的皱纹
　　斑驳……
我
　注定是一棵树
生命赋予我
　沉默
不管我
　如何虔诚拜膜
也无法与你相濡以沫
不知
轮回之后
　你是否
还记得我?
——与你耳鬓厮磨
　泪水在伤口
　滴落……

三千年
　岁月如霜
三千年
　等待苍茫
是谁？
看长空寥廓
手提画笔
在大地起落
绘就曲线漂泊……
那魔鬼城凄厉声声诉说
　却笑大漠
　失魂落魄
那天际的驼铃声声孤伶
　优游不迫
　把希望撒播……
三千年
　梦醒
　胡杨金黄
三千年
　轮回
　煮了时光
不管是枯萎春装
　还是烈日风霜
　或是地狱天堂
等你
依然是
喀什噶尔的胡杨……
……

2022年7月29日

把岁月挂在笔尖
——拜谒"移动的佛堂"巴润寺

带上眼睛，
跟风去流浪，
把岁月和美景，
挂在笔尖；
穿越古今与旷野，
回归自然。
看九曲十八弯，
眺望古老的开都河，
缓缓走向巴西里克山，
走向天边，
慢慢抖落九个太阳。
无论是跨山入海，
斜倚昏黄，
偶尔也会露出笑靥，
刹那光辉的瞬间。

站在沙漠边缘，
把味蕾放在舌尖，
让死亡的胡杨，
在亘古轮回中，
继续寻找生命的盐碱。
我知道，
喜欢你不是一点，
那玲珑晶莹的野百合，
在巴音布鲁克草原，
装扮；
夏天的冰美人，
应该比冬天更易羞红脸……

[新疆维吾尔自治区]

行吟中国：凌寒诗文精选

静待花开，
世间所有美好自然，
都恰时绽放。
在心被围困的地方，
那就把距离交给时间，
相爱不相见，
或是遗忘！……

心灵，
是移动的佛堂；
逐水草而居，
不仅仅是快乐家园，
更是生命的向往。
巴润寺东归祖国，
历尽千难万险；
是蒙古族土尔扈特部，
从伏尔加河畔，
将日月星辰装在马背上，
把阳光搬回新疆，
最后镶嵌，
镶嵌在这一座，
最后的"移动寺庙"顶盖宝幢。
绝美藏传经塔，
金碧辉煌，
见证那段，
那段血泪漫长；
那种归属于大地之中，
永不熄灭的情感……

信仰，
是正义灵魂的吟唱；
而五荤，
是邪恶主宰的哭丧！
让夜风带走疲惫，

【 新疆维吾尔自治区 】

安心恬荡；
让月光驱走烦恼，
浅斟低唱；
让星星点亮心情，
长乐未央。
人生不易，
别渴求事事圆满；
给未来一个成长，
在天鹅湖放飞自我，
跟随鸟儿翱翔，
不必为取悦别人而奔忙。
学会珍惜，
照顾好家园和健康，
控制情绪，
过好生活每一天。
给自己，
道一声晚安！……
……

2023年6月15日于寒山斋

作者注：

巴音布鲁克草原上的巴润寺，是藏传佛寺草原深处的朝圣之地。

1773年，也即清朝乾隆三十八年，土尔扈特部从伏尔加河流域东归祖国后，就在巴音布鲁克草原和开都河流域驻牧。巴润寺是东归时幸存的寺庙之一，也是草原上最后一座"移动的寺庙"。

你的模样……
——写给阿勒泰的春天

穿过旷野狂沙，
追逐黄昏那杯红茶；
迎风流泪的双手，
撩起黎明睡梦轻纱。
等候你，
眸眼流转琅琊，
那一抹，
醉人的云彩娇妮……

故事的小黄花，
从出生那年就飘着淡雅。
想你的风，
纷纭杂沓，
从河套的春天，
吹到了喀纳斯的盛夏。
而你却不在，
但也不必惊讶！

晶莹剔透的露水，
从花蕊滴下。

新疆维吾尔自治区

我用心采摘收纳。
这玲珑瓶子,
装得下禾木的晚霞,
却装不下阿勒泰驼峰塔,
风月无涯。
这猝不及防绚烂的风采,
让人慕艳惊诧……

克兰河畔,
日蚀风侵的岩刻画,
诉说着岁月沧桑。
坚金庙的梵唱,
光明沉淀,
冰霜成川入涅槃。
岁月静好,
心若向阳,
念起即馨香,
温暖……

把风的思念,
挂在雪都银水金山,
让笑靥开满草原,
这是你最真的初妆。
缘起缘灭落红残,
不误缠绵轻烟。

不经意，
一场烟雨牵绊，
让这座城有了古朴的渲染。
惊艳沦陷，
不负遇见。

我喜欢，
大漠无边愁满天；
更喜欢，
细腻流水绕峰岚；
还有那，
温柔多情秋水一汪；
正如，
喜欢你一样。
捧心依旧，
谁不曾是少年？
那段时光，
这段过往，
都成你的回盼。
　　刻画，
　　心间！……
　　……

2023年6月14日于寒山斋

作者注：
　　"阿勒泰"是突厥语，意为"金山"，因山中蕴藏黄金而得名，有"阿尔泰山七十二条沟，沟沟有黄金"之说。阿勒泰山河壮丽多姿，具有风貌特异的自然风光，主要风景名胜有喀纳斯湖自然景观保护区、布尔根河河狸自然保护区、蝴蝶沟等；其中，境内的额尔齐斯河是中国唯一注入北冰洋的河流。

喀纳斯之恋

"听闻远方有你,动身跋涉千里……"耳畔的音乐,契合此刻的心境。没有知会,没有告别;我来时你在沉睡,我走时不敢作声,怕一不小心,打破这湖心的平静……

——喀纳斯,我走了!

是为引。

2022年7月26日

等待

这天
 天蓝
 水蓝
素未谋面
 你我不曾相见
我不认识你
你不认识我
不经意的一个擦肩
那回眸百媚绝世朱颜
那温婉夭秾盈盈笑靥
在这天地间
让我沉沦
让我迷恋
让我生死难忘
 心心念念……

看那碧波荡漾
看那山峦层林尽染
看那牧歌升起的地方
你遗世独立

风情万千
那雪舞楼台
　笙歌留粉黛
似乎在告诉我
你在等待
　等我的
　到来……
那期待的眼神情窦初开
似乎在告诉我
你在等待
　等我的
　撷采……
　……

守望

没有牵手
你一直陪伴左右
陪我喧闹
　倾听风过林梢
陪我静阅
　湖心醉赏秋月
陪我共看夕阳
　余晖斜照渥染天边
就这样
静静地守望
默默地牵绊
没有怅惘
只有
　心灵的契约
　浅斟低唱

有人说，

【 新疆维吾尔自治区 】

你是铁木真的情人
你在守候归来的风尘
　……
情深处
我坦白，
我想走进你的世界你的爱
得到你的青睐
　拥我入怀
你说，
我就是你的诗行你的情脉
我一直在
　你的灵魂心海
　……

遗情

没有羞涩
白桦树下
　风温柔地抚摸
　在耳边跟我婆娑

没有回避
月亮湾情涛湍急
　我的眼神闪熠
　与星辉含情凝视

没有惊怔
卧龙牧场的欢愉狂逞
　肆意探奇访胜
　撩拨着激情
　纵马驰骋……

这会

你还带我去看"湖怪"
观鱼亭上极目南天
　举杯畅怀
你仰仰头说，
你就是这里的"精怪"！
　山的精灵
　水的精灵
　风的精灵
　……

没有知会
没有告别
我来时你在沉睡
我走时不敢作声
怕一不小心
　打破
　这湖心的平静……

我走了
　心
　　——却丢了！
　……
　……

作者注：

　"喀纳斯"是蒙古语，意为"美丽而神秘的湖"。

　喀纳斯湖四周雪峰耸峙绿坡墨林，湖光山色美不胜收，被誉为"人间仙境""神的花园"。

【新疆维吾尔自治区】

天堂湖不能解忧

将三秋,
金黄沉醉依旧,
纳入时光的漏斗;
任岁月,
在乌孙古道泛舟。
阿克库勒不能解忧,
二千多年,
汉风偎守,
吹乱了你的影子,
解忧公主日夜泪流,
面南翘首……
不知那高山上的雪峰,
是否还埋葬着你的乡愁?
那驼铃旷久,
在飞天的琵琶声中,
也已酿成了美酒?……
雪莲娇羞,
漫天鲜花飞舞;
最后,落在了你的额头。
烛前潮红,
吐蕊,
天堂湖怙终不悔,
映在窗纸剪影,
淌无声春水,
倒映眼前的翡翠。

寄君一曲,
把故梓的月亮,
挂在阳关。

城头上，
舞香纱翎剑，
有目光，
——似箭，
越过山丘；
在古远的云端，
斜倚寂寞，
烟火牵绊，
血染……
乱冢墨香，
静水流深人声杳，
惊鸿勾勒游龙。
风，
带不走娇媚倾城，
有大漠箫声，
在脸上厮杀骸刻痕迹。
一马天涯惬意，
蓑衣为谁？
千万年苍茫大地，
烽火四起，
黄沙古渡决堤；
胡杨，
淌血印记……

2023年6月8日于寒山斋

作者注：

  1.阿克库勒湖，即天堂湖。该湖位于新疆天山山脉中，著名的乌孙古道上的一座雪山冰川湖。

  2.解忧公主（前120年~前49年），汉武帝天汉元年下嫁西域乌孙国王军须靡。她依乌孙俗先后嫁给三任乌孙国王，年老思乡，甘露三年被迎归汉，两年后病卒。历史学家对其评价，认为"她是中国历史上贡献最大的一位公主，是一个比王昭君更悲壮、更厉害的和亲公主"。

【新疆维吾尔自治区】

心若坦荡
——再见丝路敦煌

  昨日，创作了一首关于解忧公主三嫁乌孙国的《天堂湖不能解忧》的诗歌，再次唤起我对那段历史的追思，对解忧公主对丝绸之路的发展以及和平事业所作出的伟大贡献，深表敬意！

  那历史的尘烟朦胧，依稀看到解忧公主回归汉朝踏入玉门关时的身影……不知莫高窟漫天飞舞的曼珠沙华和飞天，是否也残存着她的遗风？……

  是为引。

2023年6月9日 于寒山斋

你那回眸一笑，
撩拨时光；
虽是短暂，
有如鸣沙山，
落日昏黄，
那一抹醉人的余晖；
若月牙泉临风唱晚，
红尘秋水嫣然，
却温暖着寻常。
心，
并不孤单……

大漠孤烟，
何处是吾乡？
玉门阳关，
丝路敦煌，
一曲琵琶天地间。
那眼前，
飘逸的发丝，
有如飞天，

293

流云遮掩,
却遮掩不住天空湛蓝。
在那不起眼,
莫高窟的山坳黄坂,
油菜花开得正酣。
鸟儿独自飞翔,
说要跟鱼,
去流浪……

蒲公英不甘寂寞,
跟杨柳约定去跳伞;
今天的目的地,
有风的地方。
铁马金戈,
戈壁滩,
开启波澜壮阔的旅途,
逐流忘返,
清盼……
西风烈,
酒千觞,
小方盘城下的牍简,
写满断壁残垣,
传唱千年。
而我也摊牌不装,
告诉你,
我喜欢树的阒阒凛严,
和我一样,
伟岸!

【新疆维吾尔自治区】

所有的风景,
没有预案;
抬眼,
便能望见,
那幽居胸口的自己;
像行者虔诚的信仰,
匍匐在山路蜿蜒,
聆听大地心跳;
从来不是为了到达终点,
而是享受过程,
方向。
在路上,
俯瞰霄汉,
揽星河入怀,
听琼箫音渺霓裳,
感受汉唐,
盛况……

狂风如刀,
血迹斑斑
三千里路尽染霜;
席卷漫天风雨,
枕冷衾寒。
以鬼火为烛,
照亮前方,
心若坦荡,
何惧前路漫漫黑暗?
黄沙如雪,
月下经卷,
尘鞍,
由此也变得明亮……
……

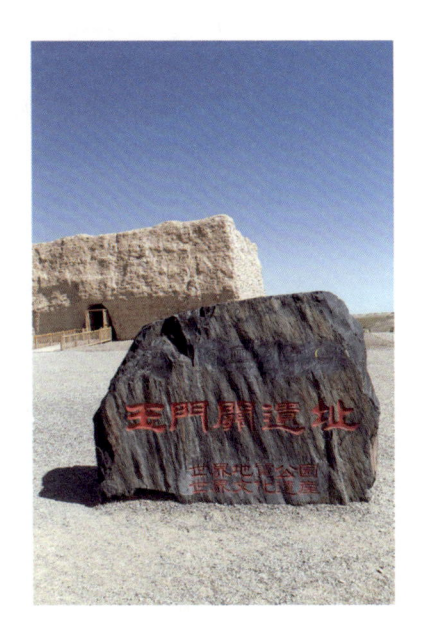

后记

行侠仗义，仗剑天涯。

每个人心中，都有一个武侠梦。年少的我，也曾梦想着长大后能成为一名侠客，仗剑走天涯，行侠仗义、除暴安良。然而，生命却是"桃李春风一杯酒，江湖夜雨十年灯"，我与青山皆过客，亦非是归人；现实的残酷和真相，是那么的精辟犀利，道尽人性。长大了，武侠梦也就慢慢消失在"寒江孤影，江湖故人，相逢何必曾相识"中了……

武侠梦没了，但浪迹天涯那颗不羁的心，却让我转换成了"畅游大好河山"的念头。为此，这么多年来，只要条件允许，我必将为"自由"出去"任性"一把，品读岁月风尘中的山山水水。也不知是什么时候听到许巍的《蓝莲花》，歌中那慵懒且带着一点点散漫的气息，一下将我破防，从此爱极了"没有什么能够阻挡/你对自由的向往/天马行空的生涯/你的心了无牵挂……"。这首歌，也就成了我每次自驾外出时单曲循环播放的"战歌"。

这么多年来，我游历神州大地，领略祖国大好河山。有时兴来，也会随手写下一些诗文，用以抒发内心的喜悦和情感，——这也确实让我"攒下"不少旅游时的感悟和所谓的旅游必备"武林秘籍"。想起周星驰电影《功夫》中老乞丐手中的各式"武林秘籍"，那无厘头的搞笑精神，让我又再次回归到年少时的武侠梦中……由此，结集出版的念头一闪而过，最后在《行吟中国》这本书得以体现。本书也是《何处是归程：凌寒文集》《陌上花开：凌寒文集2》《把琴弦挂在天上：凌寒文集3》三部书中的旅游诗文精选汇总，如对其他诗文感兴趣的读者，请另行选购。谢谢！

对于《行吟中国》的结集出版，必须得感谢广大读者对本人的支持和喜爱，在我沉寂时敦促我写作业、交作业！说实在的，我真的没想到写个"破诗文"还会吸引来这么多的文友、粉丝和读者，更甚者还有人一再定时催更！——不禁在心中感慨：在中国这个古老诗的国度，还有许许多多虔诚的信众。借此机会，向所有象牙塔里的白白们问好！同时，也向山顶的朋友致以最崇高的敬意！谢谢你们！

后记

　　说到致谢。首先，要感谢著名诗人、佛山市作家协会主席张况，在结集出版上出谋划策，还亲自为《行吟中国》作序，让我感动万分。说到作序，在此还要感谢《序二》作者、原华南农业大学校长骆世明，长期以来对本人的关爱、呵护和鞭策。骆校长是一名德高望重的前辈，他对我每一首新诗都会认真检阅，并认真点评，其高屋建瓴的观点我都每每大有收获。这种对后辈的提携之情不言而喻，在此再次致谢！本书共有三序，在此也要感谢我的老同事王崇人，为我的《陌上花开：凌寒文集2》写书评，用他的话叫"读后感"。崇人兄以前在我们单位珠江时报社是个开心果，以喜欢开玩笑著称；故此，这次我也跟他开个小小的玩笑，把他的"读后感"直接拿到《行吟中国》上来作序了。致谢！

　　其次，是因为我的移动硬盘损伤，丢失了部分文件和照片，直接导致部分景点景区诗歌散文无法配图。本来以我懒散的性格是想着不配图的，但架不住老领导、原佛山市直机关工委副书记吴艳荣大姐的热心和劝解。艳荣大姐她不仅通读《行吟中国》的每一首诗歌和文章，还认真逐一帮忙策划配图，同时无偿提供大量全国各地照片以备配诗选用。同样，知道我移动硬盘损坏的还有我珠江时报社的老同事、援疆干部穆纪武，他主动联系我并针对性地提供了图片需求。

　　要说缺图，关于河北和山西的储存，是移动硬盘损坏最严重的"重灾区"。为此，朋友圈的魅力和能量就突显出来了。来自河北省援藏工作队的两位援友王彦恒、俞江马上"请战"，承包了铜雀台和蔚县释迦寺的照片。在他们的发动下，河北博物院郝建文老师和北京摄影家宋苗老师分别无偿提供了精美图片。而来自山西的千寻自驾领队荀鹏，更是把配图配到了"极致"，亲自前往博物馆为《鼎——题山西青铜博物馆》一诗拍摄铜器。同样来自太原的摄影家崔元庆则提供了山西佛光寺的配图。

　　这次为《行吟中国》提供照片的还有，原中央电视台制片部主任张茹侠大姐提供了许多北京初雪的照片。北京市援藏干部、顺义区委办公室主任张国宇提供了红叶秋景照片。甘肃张掖作家、曲艺家、书画家纵新生提供了彩色丹霞的照片。陕西省摄影家席长荣和广东佛山市委宣传部张志伟提供了西安照片。深圳蛇口赤湾社康医院郭铁成主任提供了少帝陵照片。汕尾市海丰县教育局林宣兄提供了方饭亭照片。佛山市社保局副局长朱锡雄提供了湖南长沙、汕尾红海湾及上达等地照片。广东省援藏干部、省文化和旅游厅处长黄广智提供了南海一号照片。广东省党校刘丽教授提供玉龙雪山照片。佛山摄影家商森也提供了多地照片。网友天

297

歌传说提供了甘肃照片。西藏林芝市鲁朗风景区管委会姚力提供了鲁朗风景照片。浙江朱玉波小姐和佛山市顺德区住建局杨毅分别提供了杭州西湖照片。佛山市高明区臻心理工作室夏俪小姐提供了睡莲的照片。还有江苏旅游达人王丽华小姐提供了贵州黄果树瀑布照片。就连峨眉山佛教协会副秘书长、华藏寺监院昌全法师也伸出了博爱之手，提供了峨眉山月的照片。在这，还要感谢深圳大学艺术设计学院艺术专业硕士生导师张卫民和广州市紫上平面设计刁俊锋老师，对本书封面设计给予大力支持。当然，还有可能被忘记唱名的朋友。无以言表，感激不尽！

最后，还要向为《行吟中国》出版一书出谋划策、忙前忙后的朋友和领导表示感谢！因为篇幅原因，在此就不一一唱名了，致歉意。

再次向各位领导、亲朋、好友致以最诚挚的谢忱。谢谢大家！

林永冷

2024年5月16日